Sous l'œil des poissons

Couverture : Laura Aichelbaum
Correctrice : Aude Ceccarelli

mercileslivres, une marque de Sodi-Art Éditions

Domaine de Pelus,
17 rue Archimède, 33691 Mérignac cedex

ISBN : 978-2-383-55056-3

Pierre Manzon-Jolyon

Sous l'œil des poissons

mercileslivres

Une vraie rencontre est une porte, une fracture, un instant qui marque le temps en créant un avant et un après.

Éric-Emmanuel Schmitt,
L'Évangile selon Pilate.

Étienne

Ils nous invitent seulement les jours de pluie. Ces jours où ils souffrent d'un ennui tragique, d'une lassitude extrême, d'une monotonie implacable. Ces jours maussades d'une tristesse absolue, ces dimanches où la ville semble morte, avec ses rues désertes et ses boutiques fermées. Je me lève sans réveil et ouvre les volets sur la grisaille. Avec Marie, nous buvons le café en écoutant la radio et le ronronnement du frigidaire. Je nourris les poissons en prenant une pincée dans la boîte de granulés.

Nous avons toujours eu deux poissons rouges dans un aquarium rectangulaire, oxygéné par un filtre à bulles. Ils viennent manger à la surface, puis fouillent dans les graviers posés au fond. Ils nous regardent à travers la vitre, avec leurs gros yeux inexpressifs. Ils s'en fichent que l'on soit dimanche. Pour eux, l'ennui est quotidien, perpétuel.

Le vent pousse la pluie qui fait pleurer les fenêtres. Je m'assois dans le fauteuil, toujours en pyjama, avec mes pantoufles à carreaux qui fêtent la décennie. J'attrape la télécommande pour allumer la télévision. « Mets pas trop fort chéri, je lis ! » me dit Marie sans relever la tête. J'aperçois l'heure sur le micro-ondes et zappe de chaîne en chaîne. J'attends que le téléphone sonne. Nous sommes dimanche et il pleut. Je sais qu'il va sonner. Il sonne toujours.

Je trouve du réconfort dans cette télé, une occupation que rien ne pourrait égaler. Elle est comme une lucarne donnant sur la vie, une fenêtre avec vue imprenable sur le monde. Je peux la regarder pendant des heures. Je m'enfonce dans le fauteuil, les pieds surélevés par une chaise et un coussin. Je tiens la télécommande dans une main et je voyage aux confins de la Terre, sans quitter mon salon. Chaque soir, je m'endors moins bête, avec des paysages plein la tête d'endroits où je n'irai jamais. Marie ne regarde pas la télévision. Elle reste pourtant là, dans la pièce, avec moi, imperturbable. Ma femme dévore des bouquins, des tas de bouquins. Elle tourne les pages sans jamais prêter la moindre attention aux images qui défilent. Pour elle, la télé n'est qu'un ramassis de conneries, ni plus, ni moins. Elle dit que les vrais voyages se trouvent dans les livres ; qu'ils sont bien plus puissants que n'importe quelle émission ; que de simples mots posés sur une feuille peuvent nous transporter vers des univers inconnus. Moi, je ne lis jamais. Je n'ai ni la volonté ni la concentration. Dans mon fauteuil, en pantoufles, hypnotisé par l'écran, j'exaspère Marie au plus haut point.

Nous sommes mariés depuis trente-quatre ans. Ensemble, nous avons dompté le couple et ses aléas, résisté aux tempêtes amoureuses, traversé les crises conjugales les plus dévastatrices. Nous trouvons encore du plaisir dans cette compagnie réciproque, dans cet amour délavé. Il m'arrive de fermer les yeux devant des reportages animaliers. J'admire leur réalisation mais la voix des commentateurs m'est soporifique. Je me réveille souvent une heure plus tard. Marie n'a pas lâché son livre.

Le téléphone finit par sonner, posé sur son socle dans la cuisine, à côté du poste radio. Le son strident rompt le ton monocorde du *speaker*. En me levant du fauteuil avec la nonchalance d'un jour de pluie, je dis à Marie : « C'est eux ! ». Je quitte le salon et mon documentaire où un guépard hisse une antilope en haut d'un arbre. Je traîne mes pantoufles jusqu'à la cuisine et décroche le combiné sans fil. Le café est froid mais je me sers quand même. Il y a là une sorte de rituel.

« Salut Étienne, je te dérange ? ». La voix d'Albert grésille dans le téléphone : celle d'un fumeur compulsif à la gorge carbonisée. Albert fume depuis son départ à la retraite. Il achète des Camel ou des Gauloises et grille un paquet par jour. Il a pourtant fait sa carrière en tant que cancérologue. Pendant trente ans, il a soigné des malades, prescrit des chimios, observé les ravages de tumeurs. Albert culpabilisait à la mort d'un patient et se sentait toujours responsable. Il n'avait pas le recul nécessaire à cette profession et les décès l'accablaient. Alors il s'est mis à fumer, comme pour s'infliger à lui-même une vengeance de toutes ces vies qu'il n'a pu sauver. Étrange philosophie !

Comme chaque dimanche pluvieux, Albert m'appelle pour nous inviter. Avec sa femme Héloïse, ils habitent une grande maison à Dinard, au bord de la mer : une de ces maisons en briques avec une tour au toit pointu. Il l'a achetée en même temps que ses premières cigarettes. Chaque pièce donne sur la Manche et le port de Saint-Malo. Il aime cette ville de Bretagne au temps capricieux, à la côte déchirée, au charme indescriptible. Albert a convoité ce rocher pendant longtemps et la maison fut un coup de cœur. Souvent, il fume assis sur sa chaise, face au large, emmitouflé dans son pardessus en écoutant Brel. Il contemple la mer pendant des heures et semble attendre que le vent l'emporte.

Avec Marie, nous habitons Rennes, dans le même appartement depuis notre mariage : un appartement modeste, à deux chambres, au troisième étage. Nous avons rencontré Albert et sa femme lors d'un voyage au Cap-Vert, dix ans plus tôt. Nous étions deux couples de Français, perdus sur une île volcanique, au large du Sénégal. Marie aimait la randonnée plus encore que les livres. Elle découvrait sur l'île de Santo Antao un paradis montagneux aux sentiers infinis. Nous logions tous les quatre dans un hôtel plein de touristes allemands. Rapidement devenus solidaires dans cette aventure, nous avions décidé de faire route ensemble. Je ne me souviens pas avoir autant marché que cette semaine. Albert ne fumait pas encore à l'époque et grimpait comme un chamois. L'isolement de cette île et ses chemins de bout du monde nous avaient liés d'une complicité immédiate. Ils habitaient Paris, à deux pas des jardins du Luxembourg, et travaillaient ensemble à l'hôpital Cochin : lui en cancérologie, elle en radiologie. Deux bonnes situations et un fils à Sciences Po, quand le nôtre validait péniblement son DUT. Malgré un certain mépris pour les provinciaux comme nous, Albert et Héloïse se sont toujours montrés sympathiques.

De retour en France, ils nous avaient invités dans leur T4 haussmannien aux volumes exceptionnels. Un parquet en chevrons, des moulures au plafond, une cheminée en marbre et une vue Panthéon, le tout dans une déco baroque. Ces gens avaient de l'argent et du goût et nous donnaient l'impression d'habiter un taudis. Ils sont restés à Paris jusqu'à leur retraite simultanée puis ont déménagé à Dinard. Albert a réalisé un rêve de gosse : vivre au bord de la mer. Sur les sentiers du littoral, le couple a redécouvert une tranquillité oubliée. Albert a adopté un chien à la SPA : un berger australien, sage comme nos poissons rouges, qu'il a appelé César. Ils partent tous les deux en balade en longeant la côte par la plage. Albert lance un bâton que le chien ramène inlassablement. Héloïse s'inspire des paysages pour s'initier à la peinture. Depuis sa terrasse, elle peint le port de Saint-Malo, les bateaux posés sur la vase à marée basse. Mais la côte bretonne doit s'avérer trop calme pour eux. Ils retournent parfois à Paris, dormir à l'hôtel, voir leur fils et prendre une bouffée d'agitation ; un moyen simple et efficace de rompre avec leur quotidien insipide. Ils ne voyagent plus et s'accrochent désormais à leur rocher comme des moules.

Avec ma femme, nous menons une vie paisible et monotone : moi, ancien avocat commis d'office, elle, ancienne assistante dans un cabinet dentaire. Nous sommes des gens simples et peu envieux. Nous aimons ces journées à Dinard, au bord de la mer. Nous quittons Rennes dans une brume épaisse pour la côte orageuse. Nous habitons à une heure de route seulement. Albert et Héloïse sont nos amis mais je trouve notre relation particulière. Elle sonne creux. Les discussions ne vont que dans un sens. Ils parlent et nous les écoutons. Ils nous racontent leurs voyages de jeunesse, nous en montrent les photos en diaporama. Ils vantent les réussites de leur fils, visiblement brillant, ainsi que la jolie fille de très bonne famille qu'il s'apprête à épouser. À leurs yeux, notre vie ne mérite pas d'intérêt, et d'ailleurs, ils s'y intéressent peu.

Quand le téléphone sonne, ces dimanches matin pluvieux, je sais qu'Albert et Héloïse s'emmerdent terriblement. Avec Marie, nous pourrions passer la journée là : elle, à lire dans le canapé et moi, à regarder la télévision, captivé par la reproduction des hippocampes. Je décroche le combiné et la voix rocailleuse d'Albert, faussement enjouée, trahit une profonde détresse.

« Venez déjeuner et si le temps se lève, on ira marcher sur la plage ! Hélo a acheté des huîtres et j'ai un blanc fabuleux !

— Je ne sais pas Albert, il est déjà onze heures, on n'est pas prêts, on s'est levés tard, je vais…

— Allez ! Étienne, ça ne se refuse pas ! Partez quand vous voulez, on vous attend ! »

J'aime nous faire désirer et entendre Albert insister, comme si nous étions essentiels à sa survie. Naturellement, nous n'avons rien d'autre à faire de cette journée morose et je m'amuse de ses efforts pour nous convaincre. Finalement, j'accepte l'invitation dans leur somptueuse maison vue sur mer pour nous régaler d'huîtres en buvant du Muscadet. Albert semble si vulnérable et dépressif que je lui rends volontiers ce service. Je raccroche le téléphone pour revenir dans le salon où Marie me demande :

« Qu'est-ce qu'elle a prévu cette fois ? sans lever le nez de son bouquin.

— Des huîtres.

— Hum, j'adore ça. Ils nous attendent pour quelle heure ?

— Quand on est prêts.

— Parfait, je finis mon livre. »

Nous arrivons sur les coups de treize heures, Albert et Héloïse nous attendent de pied ferme. Je gare la Volvo dans la cour. Nous apportons des fleurs et un dessert, achetés sur la route. Il tombe du ciel un crachat bruineux et le brouillard colle à la mer comme du ruban adhésif. Du canapé, j'aperçois Saint-Malo dans l'épais nuage de brume.

« Tu m'en diras des nouvelles de celui-là ! dit Albert en débouchant une bouteille. J'me fous pas d'ta gueule, hein ! » Le blanc doit coûter bonbon. Il se lance alors dans une explication œnologique à laquelle je ne comprends pas un mot. Avec mes connaissances en vin, il me servirait une piquette que je ne sentirais pas la différence. Je fais tourner le breuvage dans mon verre, avant d'approcher mon nez, pour enfin tremper mes lèvres.

« Alors, hein ? C'est pas beau ça ? Muscadet Morency soixante-dix !

— Excellent choix, Albert ! Il est parfait. »

Depuis notre rencontre au Cap-Vert, j'ai décelé chez nos amis ce besoin permanent d'en faire des tonnes. Il faut dire qu'ils ne se privent de rien et tout chez eux semble rouler à la perfection. Nous pourrions les envier bien souvent : pour leur brillante carrière, cette maison au charme rare, leur fils qui file droit, leurs assurances-vie pleines à craquer. Même leur chien n'aboie jamais et sait se montrer parfait. Sûrement qu'ils prennent beaucoup de plaisir à nous inviter pour étaler ce bonheur apparent. Ils doivent y trouver un certain réconfort, un moyen de relativiser leur situation. Nous venons les distraire, les sortir de cet ennui qu'ils ne supportent plus, ne serait-ce qu'une seule journée.

Un dimanche après-midi, nous marchons, Albert et moi, en promenant César sur la côte. Il fait froid mais l'air iodé ravit mes poumons et semble retendre mes rides. Albert sort une flasque en argent pour boire avant de me la tendre. Le whisky coule dans ma gorge et je sens l'alcool brûlant jusqu'au bout des doigts. Le chien fait des allers-retours, nous avançons en vidant la fiole. Assis sur un banc face à la plage, Albert allume une énième cigarette. Il m'annonce alors qu'Hélo et lui n'ont plus de rapports depuis des mois, que sa libido périclite. Il vide la flasque. Je n'ai plus froid. Je me demande si, de son côté, Marie entend les mêmes confessions intimes. Pour la première fois, Albert me livre une faille dans leur bonheur et je comprends leur mise en scène. Jamais je ne l'ai trouvé aussi sympathique qu'à cet instant.

Leur couple bat de l'aile. Je sais également que leur fils est loin d'être aussi brillant qu'ils ne le laissent croire. Ils s'inquiètent beaucoup pour lui. Alors nous apprenons à les écouter, à nous intéresser, à les flatter, à leur dire ce qu'ils veulent entendre. Nous avons le recul et la sagesse suffisante pour les supporter. Nous savons désormais que ce besoin d'étaler leur vie et la réussite de leur enfant camoufle une profonde désolation. Pour eux, nous sommes les amis fidèles, peu contraignants, sincères et authentiques. Ils pourraient nous inviter les beaux jours, quand le soleil est haut et le sable tiède. Nous pourrions marcher sans K-way, nous asseoir sur la plage, tremper les pieds dans l'eau. Mais ces jours-là, ils trouvent toujours mieux à faire. Avec Marie, nous sommes la compagnie des mauvais dimanches.

Un samedi soir, ils nous invitent à dîner. Il fait nuit à dix-sept heures, la pluie ne s'arrête pas. Le programme télé n'annonce rien et le cinéma est en travaux. Alors on accepte une nouvelle fois, cédant aux efforts d'Albert pour nous convaincre. De la salle à manger, on distingue les lueurs du port d'en face. En plus de fumer comme un pompier, Albert sombre peu à peu dans l'alcool : trois gins Martini à l'apéro avant d'enquiller les bouteilles de vin posées sur la table. En général, je l'aide à les finir. Ce soir-là, quand Héloïse apporte la tarte, il n'articule plus. César dort sur le tapis, bercé par la musique de fond. Albert déballe un tas de conneries et de dossiers familiaux. Il balance que sa belle-mère est radine comme personne, qu'elle ne fait jamais le moindre cadeau à son petit-fils, qu'elle ne doit pas se plaindre si personne ne lui rend visite. Alors Hélo l'engueule et Albert se ressert un verre en bougonnant. À la fin du repas, je suis bien trop saoul pour conduire et Marie ne voit rien de nuit. Alors pour la première fois, nous restons dormir chez eux. Héloïse nous montre une des chambres à l'étage. Je défais mes chaussures avant de m'affaler sans quitter mon jean. Je regarde Marie se déshabiller et se glisser nue entre les draps. J'entends Albert faire un bordel monstre et sa femme lui reprocher son problème d'alcool. « Tu me fais honte Albert, tu ne peux pas te tenir ! C'est plus fort que toi ! » Je souris à Marie qui me chevauche aussitôt. Elle déboutonne ma chemise, m'embrasse dans le cou, déboucle ma ceinture et fait zipper la fermeture Éclair de mon jean. Elle n'a pas sommeil.

Nous sommes le premier dimanche du mois de novembre et il pleut. Je me réveille envasé par l'alcool, Marie dort encore. Je suis tombé comme une masse après nos ébats, qui je l'espère, n'ont pas fait trop de bruit. Nous ne faisons rarement l'amour, mais hier soir, l'ivresse nous a échauffés. Le jour pointe à peine, Albert n'est pas près de se lever, vu sa cuite de la veille. Je descends sans faire de bruit et le découvre, les pieds en travers du canapé, ronflant comme un barbare. Dehors, il flotte un brouillard à couper au couteau, le ciel et la mer se confondent. Malgré le temps sinistre, je trouve du charme à cet endroit qui me semble loin de tout. J'évite de faire du bruit avec leur infernale machine à café et je remonte sagement dans la chambre où Marie n'a pas bougé. Un dimanche comme celui-ci, Albert m'appellerait sûrement pour nous inviter et occuper leur triste journée. En effet, il fait incroyablement mauvais mais cette fois, nous sommes déjà sur place. J'attends que la maison veuille bien s'animer, assis sur le lit, à contempler le brouillard à travers la fenêtre. Finalement, Marie se réveille et me demande l'heure avant de s'étirer dans un long gémissement, cheveux emmêlés et marque de drap sur la joue. Je lui explique la situation, Albert gisant dans le canapé et Héloïse probablement encore couchée. Nous sommes coincés dans notre chambre, tiraillés par la faim et une forte envie de café. Heureusement, César finit par aboyer. Pour une fois qu'il jappe, je prie pour qu'il réveille la grosse larve étalée dans le salon. Il ne faut pas longtemps pour entendre grommeler des insultes envers le chien. Alors, j'en profite pour sauter du lit et redescendre au rez-de-chaussée où Albert s'est assis, enroulé dans son énorme couette. Il a une mine affreuse, comme le temps qu'il fait dehors.

« Bien dormi ? je lui demande.

— Foutu clebs.

— Café ?

— Humm. »

Je me dirige vers la cuisine et entends couler la douche de notre chambre. J'attrape deux capsules et démarre leur satanée Magimix au bruit de bateau. J'ouvre la porte pour laisser sortir le chien avant de revenir dans le salon avec les deux tasses fumantes. En jetant un œil dans la cour, je remarque que la Mini Cooper d'Héloïse n'est plus là.

« Hélo est sortie ? je demande.

— Qu'est-ce tu racontes ?

— Y'a pas sa voiture. »

Son mal de tête semble alors s'amplifier d'un seul coup. Il attrape son paquet de cigarettes posé sur la table et s'en allume une. Puis il se lève sans lâcher sa couverture pour se diriger vers la fenêtre et scruter l'extérieur. Il bougonne alors une phrase incompréhensible et revient s'affaler dans son tas de coussins. À ce moment-là, Marie descend, les cheveux trempés, une serviette autour du cou.

Elle découvre l'animal assis en face de moi, tel un ours en fin d'hibernation.

« Hélo dort encore ? demande Marie en se dirigeant à son tour vers la maudite cafetière.

— J'crois pas, il manque sa voiture. Elle a dû sortir.

— Elle est partie… me coupe Albert d'une voix caverneuse. J'suis sûr qu'elle est partie. Elle ne reviendra pas. »

Héloïse

Il y a parfois des décisions à prendre, des choix à faire, des directions à ne pas manquer. Il y a des moments où il faut savoir réagir, dire stop, avoir le courage de déraisonner. Dans ma vie, j'ai eu quelques tournants décisifs, comme la folie de faire médecine ou celle de me marier. Le jour de la cérémonie, il pleuvait, à croire que le ciel nous envoyait un signe. C'était de mauvais augure et j'aurais dû me méfier. Sans oublier la biche que l'on avait tapée sur la route en rejoignant le château où la fête avait lieu. La pauvre bête traversait à la sortie d'un virage, nous étions en tête de cortège et elle avait fracassé notre capot. Tout le convoi s'était retrouvé à l'arrêt au bord de la nationale, le temps que l'animal soit tiré jusqu'au fossé. Il y avait du sang sur les rubans et les fleurs ; moi, j'appelle ça un signe.

Avec Albert, on travaillait dans le même hôpital dans le 14e arrondissement. Il s'occupait des cancers et moi des fractures. J'étais au rez-de-chaussée en radiologie, au fond du couloir à gauche et lui au premier étage, juste au-dessus. Nous évitions de nous voir la journée. Le soir et les week-ends suffisaient amplement. À l'époque, nous habitions un bel appartement près du jardin du Luxembourg. Nous allions au travail à pied, un vrai luxe en plein Paris. Notre fils Hugo est entré à Science Po après deux tentatives ratées. À vingt-trois ans, il s'est enfin réveillé. Il avait déjà redoublé sa seconde, à l'âge où je trouvais des boulettes de haschich et des préservatifs dans ses jeans. Nous avions dû serrer les boulons et l'envoyer un an dans une école protestante à Cambridge. À son retour, il portait des pulls à carreaux, se coiffait d'une raie impeccable et chantait *God save the Queen* en se levant le matin. Nous avions eu du mal à le reconnaître. Mais son nouvel esprit chaste et puritain ne dura pas longtemps, une fois redécouvertes les soirées débauchées de la jeunesse dorée parisienne. Le naturel revient très vite au galop. Déjà, petit, ce garçon n'était pas un cadeau. Depuis son plus jeune âge, Hugo reste timide et introverti, il manque d'assurance et de personnalité. Je le trouve fragile, non pas physiquement car il est bien bâti, mais dans sa démarche, sa posture, son regard et jusque dans le ton de sa voix. Il se méfie de tout, tel un moineau craintif mais sans la vivacité. La nonchalance d'Hugo le rapproche plutôt de la tortue. Je me suis souvent dit que la vie n'en ferait qu'une bouchée. Heureusement, il a rencontré Victoire, une jolie fille, diplômée de l'ESCP[1], déterminée, ambitieuse et surtout descendante d'une noble famille franco-luxembourgeoise. J'ignore par quel miracle cet ange envoyé du ciel est tombé sous le charme de notre fils, un cas désespéré. Il a obtenu finalement son ticket d'or pour Science Po, en travaillant à la baguette sous les ordres de sa dulcinée. Je bénis cette fille, qui est parvenue à le mettre au travail. Personnellement, je n'y étais jamais arrivé.

Enfin débarrassés de cette lourde charge éducative et financière, Albert et moi avons décidé de prendre notre retraite pour un calme bien mérité. Nous avons alors quitté Paris pour la côte bretonne. Après quelques visites, notre dévolu s'est jeté sur une bâtisse bourgeoise à Dinard, face au port de Saint-Malo. La vue depuis le salon semblait figée et le bruit des vagues me berçait jusque sur la terrasse. En quittant Paris, nous avons coupé les ponts avec pas mal de monde. On s'est retrouvé alors tous les deux dans cette immense maison, posée sur son caillou. Pour m'occuper, je me suis mise à peindre, me découvrant un certain talent. Cet air et ces paysages nous faisaient un bien fou mais je trouvais mon mari de plus en plus étrange. Nous venions à Dinard pour respirer le grand air mais Albert s'est mis à fumer de manière compulsive. Lui

1. École supérieure de commerce de Paris

qui avait soigné le cancer pendant des années, il cherchait presque à se l'infliger. Il a commencé doucement par quelques cigarettes, avant de tourner rapidement à un paquet par jour. Il fumait dehors mais une odeur de tabac le suivait jusque dans notre lit. Autre comportement surprenant : il a adopté un berger australien à la SPA. Il est rentré un soir avec, complètement gaga, lui qui n'avait jamais voulu s'occuper du moindre poisson. Passionné par l'Empire romain, il l'a nommé César. L'animal est devenu son nouveau compagnon et Albert m'a aussitôt délaissée. J'ignore qui du chien ou du maître fait prendre l'air à l'autre, mais mon mari quitte enfin son canapé. Mon horoscope annonçait un *séisme* conjugal. Je trouvais le mot un peu fort mais très approprié. Albert ne me touchait plus et j'avais l'impression de dormir avec un cendrier plein. Toute chance de rapport sexuel s'est définitivement envolée quand César s'est mis à dormir avec nous. La situation a empiré quand un matin, en revenant du marché, j'ai découvert Albert ivre mort sur la table de salon. Il était en slip et dormait la tête contre le bois, une bouteille de whisky vide posée à ses côtés. L'horloge sonnait à peine onze heures. À la retraite, Albert semblait bien décidé à me pourrir la vie. Je ne savais plus quoi faire. Je l'ai mis en garde, le menaçant de partir s'il ne faisait aucun effort.

Nous avons des amis qui habitent Rennes, rencontrés à l'époque où nous formions encore un couple « normal ». Des gens très simples et fort sympathiques que l'on invite le dimanche, quand l'angoisse de la journée à venir nous pèse trop. J'apprécie beaucoup Marie et je vois, en son homme, une personne saine, capable de raisonner Albert. Mais Étienne m'a profondément déçue, un soir, en l'accompagnant dans sa débauche. Ils ont vidé le Martini à l'apéro et ont ensuite enchaîné avec deux bouteilles de merlot. Trop saouls pour conduire, j'ai prêté une chambre à nos invités qui sont montés se coucher. J'ai entendu alors grincer le sommier et des grincements accompagnés des gémissements étouffés de Marie. Je trouvais ça affreusement gênant, culotté et frustrant à la fois, moi qui n'ai plus d'orgasme depuis des mois. Pendant qu'Étienne faisait l'amour à sa femme comme tout bon mari, je nettoyais le vomi d'Albert qui s'était écroulé dans le canapé. Cette nuit-là, je suis restée tard dans la cuisine, à faire le point sur ma situation désastreuse. Le lendemain matin, alors que tout le monde dormait encore, j'ai pris les clés de la Cooper pour quitter la maison et la grosse bête qui ronflait dans le salon.

Il flotte chez ma sœur une odeur permanente de muguet. Elle branche au mur un diffuseur automatique qui, toutes les cinq minutes, envoie une dose de senteur. Je trouve l'air irrespirable et m'empresse d'aérer en arrivant. Adèle habite seule avec son chat Fripon dans le sulfureux Marais. Sa vie amoureuse reste depuis toujours aussi plate que la Bretagne. Elle a banni tout espoir de rencontrer quelqu'un et s'est résignée à rester célibataire jusqu'à la fin de ses jours. Elle ne fait plus d'effort pour sortir, gueule en public avec un franc-parler et sent le muguet comme un aérosol Febreze. Elle me fait souvent honte mais elle reste malgré tout ma sœur.

J'habite chez elle depuis que j'ai quitté Albert. Dans son trente-cinq mètres carré, elle m'offre un canapé-lit à ressorts, où j'ai l'impression d'être à nouveau étudiante. Malgré tout, je m'y sens bien et trouve auprès d'elle un réconfort vital. Je me rappelle pourquoi nous avions quitté Paris pour Dinard. Une semaine après mon installation, la RATP se met en grève, paralysant tout le réseau francilien. Le trafic devient encore pire que d'habitude et les klaxons dans notre rue rongent mes nerfs peu à peu. Je redécouvre les manies de ma sœur, le réveil à l'aube, la cuisine bio et végétarienne, cette capacité qu'elle a d'être en permanence à côté de la plaque. Retraitée de l'Éducation nationale, Adèle coule des jours paisibles au rythme d'occupations culturelles. Elle possède cette force de vivre et ce mental d'acier qu'acquièrent les éternelles célibataires. Je la trouve fière, autosuffisante et épanouie. En repensant au fumeur alcoolique impuissant qu'est devenu mon mari, je me trouve en effet mieux seule que mal accompagnée.

Nous marchons parfois, Adèle et moi, le long du canal Saint-Martin, en nous tenant le bras. Dans ce quartier résolument LGBT, nous passons probablement pour deux lesbiennes fripées. À ce propos, Adèle ne m'étonnerait pas en m'annonçant son homosexualité. J'ai toujours eu ce doute et ne suis jamais parvenue à percer le mystère de ses fantasmes. Aujourd'hui, nous avons en commun cette déception de la gent masculine. Après sa douche, Adèle sort de la salle de bains complètement nue pour venir prendre son linge qui sèche dans le salon. Très pudique étant jeune, le temps et la solitude l'ont bien changée. Ma sœur est restée une jolie femme et je la trouve drôlement bien conservée pour son âge. Nous sommes blondes toutes les deux, avec les yeux bleus de notre mère et la nature nous a conçues fines avec une énorme poitrine. J'étais fière de mes gros seins ronds à l'époque et n'hésitais pas à les sortir sur la plage, quand ils tenaient encore tout seuls. Avec les années, ils sont devenus mous et tombants, plus proches du nombril que du menton, attirés inexorablement vers le sol. De toute façon, plus personne n'y prête attention. Je me rassure de voir qu'Adèle n'a pas été épargnée par le temps et que sa vigoureuse poitrine a subi le même glissement de terrain. Toutefois, je lui demande de faire un effort pour m'épargner cette exhibition matinale. Voir son pubis poilu et sa cellulite au petit déjeuner me coupe l'appétit.

Les premières semaines, je ne sors pas beaucoup. Il faut dire que le temps ne m'y incite pas. Il pleut sur la capitale et le froid s'installe jour après jour. Je reste dans le canapé à dévorer des bouquins, en buvant du thé à la menthe. Fripon ronronne sur mes genoux et miaule pour réclamer son pâté de poisson. Je réunis quelques signes de dépression. Adèle se fait du souci pour moi, m'ayant rarement vue dans un tel état. Pourtant je ne me sens pas mal, au contraire, j'ai simplement besoin de rester seule. Il m'arrive de parler au chat en guise de thérapie. J'entends l'agitation à l'extérieur, le bouillonnement dans la rue et, pour rien au monde, je ne quitterais l'appartement chaleureux de ma sœur. Je m'y sens en sécurité. Pour elle qui n'a jamais eu de mari, elle me trouve sûrement pathétique. Malgré tout, elle se montre bienveillante et aux petits soins, le temps de ma convalescence. Elle me fait rencontrer son groupe d'amis : des bobos du Marais, soixante-huitards attardés, qui pratiquent la méditation, la sylvothérapie et le *do it yourself.* Il y a un couple de gays, une galeriste d'art contemporain et une gynécologue, avec qui j'ai noué un lien immédiat. Ma sœur les invite régulièrement pour me faire voir du monde. Je me sens extrêmement vieux jeu en les regardant se faire passer un joint roulé soigneusement.

Adèle reste fidèle à elle-même depuis son adolescence. Elle a toujours été *borderline*. Elle est mon aînée mais j'ai souvent l'impression d'être sa grand-mère. Je leur envie cette légèreté, cette insouciance enfantine. Ces gens flottent vraisemblablement au-dessus des problèmes.

Plus tard, je rends visite à Hugo. Depuis la fin de ses études, il travaille comme fonctionnaire d'État dans un cabinet ministériel. Pour un garçon qui a frôlé la déscolarisation, je reconnais qu'il s'en sort de manière prodigieuse. En plus de l'avoir mis au boulot, Victoire lui a ouvert le réseau de son père qui l'a magnifiquement pistonné. Je me demande quelles responsabilités peut avoir mon fils, lui qui reste à mes yeux une petite bougie, bien plus qu'une grande lanterne. Ou alors est-ce un surdoué qui s'est révélé sur le tard ? Les tourtereaux ont rapidement emménagé ensemble dans le 13e arrondissement de Paris, dans le quartier de la Butte-aux-Cailles, qui dans le genre bobo-artiste-végan, se défend bien. Hugo est effroyablement surpris quand je le mets au fait de la situation. Il réussit à me faire culpabiliser, m'accusant de laisser Albert sombrer dans sa névrose et de précipiter sa perte. Je savais que mon fils ne serait pas la personne idéale pour trouver du réconfort. Heureusement, Adèle est là et se démène pour me changer les idées. Elle réussit à me convaincre de l'accompagner à son cours de yoga. La séance est réservée aux femmes et je m'initie à la pratique pour la première fois. Il y a dans la salle une odeur d'encens et un bruit d'eau qui coule. Après une série d'échauffements, on enchaîne des positions étranges que mon corps ne peut réaliser. Contrairement aux membres du groupe, je reste raide comme un bâton de ski. Je remercie Adèle pour cette expérience enrichissante mais préfère ne pas la réitérer. Je me lève le lendemain avec des courbatures à des muscles encore inconnus.

Un soir, on se rend au théâtre pour voir une adaptation de *Roméo et Juliette*. Adèle suit son cours d'extensibilité spirituelle en fin d'après-midi et on décide de se retrouver directement sur place. Comme je n'ai plus d'occupation à la fin de mon livre, je pars en avance et j'arrive beaucoup trop tôt. J'attends dans le hall en lisant des affiches quand une voix dans mon dos me fait sursauter.

« C'est dommage de voir cette pièce toute seule, vous ne trouvez pas ? »

En me retournant, je découvre un homme très élégant, portant un manteau long à épaulettes et un feutre noir. Il a des cheveux gris et des yeux clairs, il sourit en voyant ma surprise.

« Mais je suis sûr qu'une femme comme vous attend quelqu'un !

— Ma sœur, en effet. »

Son visage s'éclaircit.

« Il existe alors une deuxième personne aussi charmante que vous !

— Et vous ? Vous êtes venu seul ?

— Eh bien, oui. Je n'attends ni frère ni sœur.

— Même pas une amie ? Une collègue ? Une maîtresse, peut-être ! je lui réponds en entrant dans son jeu.

— Hélas ! non, j'ai bien peur d'être seul avec mon chapeau ! » et il sourit à nouveau.

Il enlève son feutre qu'il coince sous son bras pour enlever ses gants. « Je m'appelle Édouard », dit-il en me tendant sa main. Je trouve cette approche originale et courageuse, surtout à notre âge et il est bel homme. « Héloïse », je réponds en lui tendant la mienne à mon tour. À cet instant, Adèle entre dans le hall, habillée à son habitude comme une prof de philo : casque de vélo sur la tête, tunique ample et colorée de chez Desigual et sac de yoga Adidas. Elle débarque en furie avec des auréoles sous les bras, en râlant contre « toutes ces foutues bagnoles ».

« Adèle, je te présente Édouard. Édouard, ma sœur...

— Enchanté, madame ! dit-il poliment en retirant de nouveau son feutre.

— B'jour ! Bon on y va, y'aura trop la queue après ! » et elle m'empoigne par le bras pour me tirer vers la billetterie.

J'ai à peine le temps de saluer Édouard qui reste planté dans le hall, son chapeau à la main. Plus tard, du haut de notre balcon, je l'aperçois s'asseoir effectivement seul. Il retire son manteau qu'il plie sous son bras, et balaye la salle à la recherche de quelque chose. Son regard parcourt la fosse, puis les loges et croise enfin le mien. Il sourit de satisfaction, me salue discrètement et je lui rends son signe de main.

« C'est qui ce corbeau ? me demande Adèle, agacée.

— Il n'est pas mal, non ? Comment tu le trouves ?

— T'as vu ses poches sous les yeux, on dirait des capotes de fiacre ! Franchement…

— Bon allez ! Chut ça commence ! »

La lumière finit par s'éteindre et la pièce commence au lever du rideau. À la sortie, j'attends Adèle qui patiente aux toilettes et Édouard en profite pour revenir à la charge.

« Les critiques étaient justes, vous ne trouvez pas ?

— Je ne sais pas, je ne les avais pas lues…

— Ça vous a plu ?

— Très moderne. Un peu surjoué à mon goût. Mais puissant.

— Vous devriez faire les critiques. Que diriez-vous de m'accompagner la prochaine fois ? »

Il me parle comme un homme qui n'a plus rien à perdre. Je suis prise au dépourvu mais son regard son doux et définitivement charmeur. J'ai toujours détesté passer pour une femme facile, mais cette fois-ci, je décide de m'en fiche royalement.

« Eh bien… Pourquoi pas.

— On essaiera de trouver quelque chose d'un peu moins *sur-joué* ! répond-il avec malice

— Je dois vous laisser, le Uber m'attend. — Où est-ce que je peux vous joindre ? »

Il tient son téléphone à la main et je comprends qu'il veut mon numéro. Je lui dicte mes coordonnées chiffre par chiffre, sans la moindre hésitation. Dans ma jeunesse, les portables n'existaient pas et nous faisions sans. Mais il faut reconnaître qu'ils facilitent ce genre d'affaires. « Bonne soirée, Héloïse. À bientôt, je vous appelle ! » Et il disparaît pile au moment où ma sœur surgit des toilettes. Elle ne remarque rien de mon petit manège et j'en suis extrêmement soulagée.

Albert

J'ai longtemps attendu avant de prendre ma retraite. Je travaillais par vocation et en raison d'études interminables, j'ai commencé ma carrière à la trentaine. Dans ma famille, nous sommes médecins de père en fils, à chaque génération sa spécialité. Mon père était neurologue et mon grand-père chirurgien. J'ai longtemps poussé Hugo vers les voies de la science, mais ce garçon est si têtu que j'ai fini par abandonner. Je ne fondais pas de grands espoirs sur lui. Finalement, il ne s'en sort pas si mal. Il n'est pas le plus dégourdi que le monde ait connu et encore moins le plus bosseur. Ses bulletins frôlaient souvent la moyenne et il passait toujours en classe supérieure ras les pâquerettes. Comme quoi, nous sommes encore loin d'un système méritocratique. Je me suis longtemps demandé ce qu'allait devenir ce saltimbanque. Je lui reprochais de rompre la tradition familiale, de n'en faire qu'à sa tête, de manquer d'ambition. Je me suis aussi rendu à l'évidence : jamais Hugo n'aurait eu le niveau de réussir médecine. À la fin du premier trimestre, il aurait été déclassé. Il se montrait comme la plupart des ados de son âge : flemmard, rêveur, insouciant. Il attendait que ça lui tombe tout cuit dans le bec. Je le projetais davantage au guichet d'une banque de banlieue que dans une tour à la Défense. Toutefois, j'ai été mauvaise langue. Il m'a énormément surpris en intégrant un cabinet ministériel. Je me demande souvent ce qu'aurait été sa vie sans Victoire. Des années après leur mariage, je ne comprends toujours pas qu'une fille comme elle ait pu épouser un type comme lui. Elle incarne l'excellence, la réussite, l'ambition et surtout le travail. Hugo est le roi de la procrastination et en fait le moins possible. Je reconnais toutefois qu'il a su la jouer fine pour se mettre la belle famille dans la poche. Henri, le père de Victoire, l'apprécie beaucoup. Il l'emmène au golf, au ball-trap et lui a même trouvé cette gâche de fonctionnaire planquée et surpayée. Il a sauvé mon fils d'un échec professionnel cuisant et va lui transmettre indirectement une partie de sa fortune. Ces gens-là sont riches depuis plusieurs générations et possèdent un patrimoine qui nous rend ridicules. Hugo a eu un sacré flair en épousant leur fille et, sur ce coup-là, chapeau fiston !

Quant à moi, j'ai rendu mon tablier, ou plutôt ma blouse, à soixante-sept ans. Héloïse m'a suivi dans ce rêve d'enfant d'habiter au bord de la mer et nous avons quitté Paris pour Dinard. Je songeais à m'y installer depuis quelque temps, j'en attendais l'opportunité et je fus emballé par la maison. Il ne s'agit pas du château d'Henri mais la terrasse donne sur la mer et le parc arboré n'est pas en reste. Il y règne un calme absolu et le paysage depuis le salon est magnifique.

Je venais à Dinard pour être loin des problèmes mais ma femme en est rapidement devenue un. Lorsque nous travaillions, je la voyais la moitié du temps, car heureusement, nous n'étions pas dans le même service. Mais une fois à la retraite, du jour au lendemain, je l'ai eue en face de moi du matin au soir, ce que je n'avais pas anticipé. Nous nous sommes retrouvés bloqués sur ce rocher avec cette pluie incessante, comme des prisonniers d'Alcatraz. Je me suis mis à voir Héloïse comme un ballon de baudruche resté trop longtemps au soleil. Elle devenait molle, ses couleurs disparaissaient et sa peau se plissait à vue d'œil. Ses énormes seins ronds, gonflés à l'époque, semblaient vouloir s'échapper par le bas. Ses gestes, sa voix, ses remarques, tout chez elle m'est devenu absolument insupportable. J'ignore à quel moment notre amour s'est dissipé pour aboutir à une relation aussi terne. La maison et la région nous plaisaient, mais c'est fou ce que l'on pouvait s'y emmerder.

J'ai alors commencé à fumer pour me donner une contenance. Pour avoir soigné le cancer pendant trente-cinq ans, je connais parfaitement les risques du tabac. Toutefois, au cours de ma carrière, j'ai vu des gens très sains, au régime drastique, mourir de tumeurs affreuses. À l'inverse, j'ai observé des personnes à l'hygiène de vie déplorable que l'on croyait immortelles. Le destin ne respecte aucune logique et frappe sans justice. Si nous devions garder nos distances pour mieux accepter la mort d'un patient, j'en ai toujours été personnellement affecté. En trente ans, j'ai vu la mortalité due à cette maladie exploser, des cas toujours plus jeunes, des tumeurs toujours plus vicieuses, des causes toujours plus diverses. Il reste les grands classiques, comme le tabac, l'alcool, le soleil, le stress. Et puis des facteurs nouveaux sont apparus : les ondes, l'obésité, les pesticides, la nourriture industrielle… Je soignais des carcinomes, des leucémies, des mélanomes, des lymphomes, des sarcomes, autant de dysfonctionnements cellulaires terribles et dévastateurs. Mais j'ai surtout compris qu'il faut mourir de quelque chose.

À Dinard, j'ai découvert qu'en fumant continuellement, mon esprit devenait plus léger et supportait mieux la présence de ma femme. En cachette, j'ai également essayé la drogue douce. Il m'est arrivé de fumer un joint au fond du jardin, assis contre un arbre. Heureusement, Héloïse ne l'a jamais su. J'avais souvent fait la morale à sa sœur quand elle se défonçait à l'herbe et je serais passé pour un hypocrite. La drogue et la cigarette m'ont suffi quelque temps, mais les pouvoirs du tabac se sont avérés limités. La nicotine m'empêchait de trouver le sommeil et je souffrais d'insomnies terribles. Quant aux joints, ils me clouaient sur place au fond du jardin pendant un très long moment et je devenais suspect. Alors l'alcool est devenu un moyen plus judicieux de supporter mes vieux jours. Je buvais régulièrement dans une flasque en argent que je gardais sur moi en permanence. Je ne bandais plus, mais dormais comme une masse. Héloïse me reprochait de ne plus la toucher, mais je n'en avais ni la force, ni l'envie, ni la capacité physique. Quelques années plus tôt, nous avions encore des rapports régulièrement, une fois par semaine. Tantôt nous faisions l'amour longtemps, sensuellement, avec délicatesse dans une lumière tamisée ; tantôt il s'agissait d'un coup rapide, pantalon baissé mi-cuisse et jupe relevée, contre le mur ou sur le plan de travail. À Dinard, nous étions en effet bien loin de l'époque où Héloïse me taillait des pipes en conduisant. Il me semble parfois tirer ces souvenirs d'une autre vie. Avec le temps et la routine, les parties de jambes en l'air se font faites plus rares jusqu'à devenir exceptionnelles. Une fois à la retraite, nous aurions pu baiser n'importe où et n'importe quand, mais ma libido avait disparu.

Pour m'occuper, j'ai pris un chien à la SPA : un berger australien mâle de six mois. César est roux et blanc avec des yeux vairons. Ce chien m'aime comme pas possible de l'avoir tiré de là et représente pour moi un compagnon hors pair. Je l'emmène courir sur la plage où je fume face au large en lui lançant un bâton. Avec lui, je respire enfin, libéré de l'atmosphère mortelle qui règne chez nous. César me regarde de ses yeux incroyablement doux, il s'est toujours montré fidèle et me donne tout l'amour dont j'ai besoin.

À part lui, je trouvais peu de compagnie réconfortante. Il y avait bien Étienne et Marie, un couple de Rennais sympathiques. Ils menaient une vie plate, plus encore que la nôtre, et je relativisais grâce à eux. Surtout que leur fils ne semblait guère plus brillant que Hugo. Je les invitais les jours de pluie, quand nous devions rester enfermés, quand l'idée de passer la journée en tête à tête avec mon épouse me hantait. Il y avait ça de bien avec eux, ils ne refusaient jamais une invitation. Ils étaient des gens très simples qui ne racontaient rien de passionnant. Ils avaient le mérite d'écouter et me faisaient un bien fou. Je trouvais alors ma vie presque belle.

Un samedi, nous les avons invités à dîner, il faisait un temps affreux. Je me suis retenu de picoler toute la journée pour mieux en profiter le soir. Je préférais boire à deux et je savais qu'Étienne ne refusait jamais un verre, contrairement à Héloïse, qui ne s'accordait jamais le moindre écart. Pourtant, cela lui aurait sûrement fait du bien. Je ne me souviens plus exactement de la fin de soirée. Il me semble avoir balancé quelques vacheries que ma femme a moyennement appréciées. Étienne et Marie sont montés dormir, quant à moi, je me suis écroulé dans le canapé, beurré comme un toast. Le lendemain matin, Héloïse avait quitté la maison sans laisser le moindre mot.

Depuis cet épisode, je reste enfermé, sauf pour faire courir César et acheter de quoi survivre. Héloïse m'a envoyé un simple SMS pour m'annoncer qu'elle me quittait et qu'elle logeait chez sa sœur à Paris. Je connais bien sûr Adèle et cela me fait beaucoup rire. Cette cinglée vit seule avec son chat depuis toujours, se nourrit exclusivement du tofu au curcuma et pond des théories fumeuses sur l'incompatibilité homme-femme. Elle fait partie de ces célibataires aigries et jalouses, qui ne ratent pas une occasion de semer la zizanie dans un couple, une sorcière des temps modernes, aussi perfide que mal baisée. D'ailleurs, j'ai toujours été persuadé qu'Adèle était gouine. Mais le sujet étant tabou, il fallait veiller à ne faire aucune allusion. Bien qu'elle soit l'aînée de ma femme, je lui trouve dix ans de moins et je dois reconnaître qu'elle garde un certain charme. Malheureusement, elle ne fait plus aucun effort pour se mettre en valeur. Elle ressemble à une hippie attardée, les cheveux en bataille, habillée d'immondes rideaux à fleurs. Elle habite dans le Marais, un appartement digne d'un couple d'étudiants en licence. Elle ne dépense rien, ses besoins se concentrent sur l'essentiel. Elle se revendique écolo, je la trouve radine. Elle ne voyage plus afin de limiter son empreinte carbone et se déplace à vélo par tous les temps. J'imagine Héloïse dormir dans son clic-clac recouvert de poils de chat, avec le ronflement terriblement pénible du réfrigérateur. Sans parler de l'insupportable odeur artificielle de muguet qui doit l'asphyxier. Je parie qu'elle ne tiendra pas longtemps dans cet inconfort.

Quant à moi, je ralentis la cigarette. Je respire de nouveau, comme si l'appartement s'était rempli d'oxygène au départ de ma femme. Je retrouve un certain rythme, joue aux échecs en ligne et fais même un effort pour cuisiner. Je me calme également sur la boisson. Je ressors même le vélo du garage pour faire le tour du rocher et éliminer quelques toxines.

Un jour, je sors promener César sur la plage. Il fait presque beau, le soleil brille timidement et la mer se révèle étonnamment bleue. Je marche dans le sable au bord de l'eau, le chien faisant des allers-retours, inépuisable. Au loin, je vois un autre chien qui court vers nous, un Golden Retriever à première vue. Les deux animaux commencent à se renifler et à jouer ensemble. Je distingue à peine son maître qui n'avance pas vite. Au comportement de César, je comprends que le Golden est une femelle. En me rapprochant, je distingue une maîtresse tenant une laisse à la main, qui arrive lentement à ma hauteur, les cheveux attachés, un gilet polaire et des bottes en caoutchouc. « Dina ! Viens ma belle, viens ! » elle appelle sa chienne.

Elle semble à peine plus jeune que moi, avec un air distingué malgré son accoutrement champêtre : une belle femme incontestablement. On se salue poliment, rapprochés pour notre animal et j'appelle à mon tour César pour continuer notre promenade. La maîtresse me regarde d'un air curieux et je semble l'intéresser. Mon chien repart la queue entre les jambes, la Golden ne se donne pas facilement. Il se met à pleuvoir quand nous sommes au plus loin de la maison. Parti sans parapluie, je m'abrite sous un abribus. J'espère une simple averse mais le ciel devient très sombre. Je me résigne alors à attendre que le bus veuille bien passer. Quelques minutes plus tard, une voiture s'arrête sous une pluie battante avec, à l'intérieur, la jolie promeneuse. « Montez, je vous emmène ! Mettez le chien dans le coffre ! », me lance-t-elle après avoir baissé la vitre de quelques centimètres.

Sans réfléchir, je cours sous le déluge pour mettre César à l'arrière, ravi de retrouver sa belle. Puis je saute dans la voiture en maugréant contre la météo de cette région. La femme me regarde d'un air amusé, une main sur le volant.

« C'est vraiment sympa, avec le chien, je ne sais pas si le chauffeur m'aurait accepté !

— Vous pouviez toujours l'attendre, il ne passe plus le dimanche après dix-sept heures ! »

Je regarde ma montre, elle indique vingt heures.

« Ah oui… Eh ben je vous suis encore plus reconnaissant ! C'est comment votre nom ?

— Anna, Anna Limon. Et vous ?

— Albert, Albert tout court » lui dis-je en souriant.

Elle conduit un break Mercedes intérieur cuir qui sent le tabac. « J'habite après la plage, au bout de la rue à droite ! »

Nous échangeons quelques banalités, elle garde son sourire amusé en conduisant. Arrivé devant chez moi, j'ouvre le portail avec la télécommande et elle entre dans la cour.

« C'est très gentil, vraiment. J'aimerais vous offrir un café ou un thé, ce que vous voulez.

— Ce serait avec plaisir mais mon mari m'attend. Avec l'orage, il va s'inquiéter…

— Je comprends, alors une autre fois, peut-être… »

Je descends sous la pluie pour sortir César du coffre et courir sous l'auvent. Anna quitte la cour en me faisant signe de la main avant de disparaître dans l'impasse.

Pendant les jours suivants, je reste obnubilé par cette rencontre. Il me semble avoir décelé quelque chose dans le regard d'Anna. Une sorte d'appel au secours, un message de détresse. À l'instant où elle a refusé mon invitation, j'ai eu l'impression qu'elle s'en voulait déjà.

Adèle

J'ai acheté cet appart en 82, à l'époque où Paris était encore abordable. Aujourd'hui, j'aurais tout juste de quoi me payer une mansarde, dans le 18e. Je le louais depuis plusieurs années et j'ai sauté sur l'occasion, quand le proprio avait voulu s'en débarrasser. Cette ville m'a toujours fascinée par son énergie, son romantisme, ses grands airs, à la fois mélancoliques et snobinards. J'aime marcher sur ses pavés qui ont vu passer tant de personnages, tant de révoltes, tant de manifs, tant de célébrations. Sur ses ponts dorés, quand la tour Eiffel s'illumine, j'ai parfois l'impression d'être une actrice. Je ne quitterais Paris pour rien au monde.

Je ne me suis jamais mariée. Pour ça, il fallait rencontrer quelqu'un. Or, je n'ai trouvé personne. Où personne ne m'a trouvée, je ne sais pas. L'amour, aussi simple qu'il puisse paraître, n'est pas donné à tout le monde. Je n'ai jamais eu d'enfant non plus et je le regrette, parfois, en voyant des gosses intelligents, beaux et tendres avec leur mère. Ça doit être quelque chose, tout de même, de sentir bouger dans son ventre, de donner la vie à un petit être, de le voir marcher, grandir, s'épanouir. Et puis quand je vois les soucis que ça cause et le pognon que ça coûte, je me dis : « Ma grande, estime-toi heureuse ! » Grâce à Hugo, mon neveu, je n'ai aucun regret. Ma sœur en a bavé avec ce môme pendant des années. Elle n'en dormait pas la nuit. Elle se plaignait ou culpabilisait, en disant : « Adèle, c'est une catastrophe. Ce gamin est un boulet. Il n'est bon à rien. C'est à cause de nous, tu crois ? Tu penses que nous l'avons mal éduqué ? »

Héloïse faisait partie de ces parents d'élèves qui pleurnichaient en entretien parent-prof, à qui j'aurais voulu répondre : « Vous avez fait de votre mieux. Rassurez-vous, vous n'y êtes pour rien si votre enfant est bête. » Mais je lui disais seulement de ne pas s'affoler, que certains jeunes se révèlent sur le tard. Et puis, à l'âge d'Hugo, moi aussi je donnais du fil à retordre à mes parents.

J'ai été élevée avec ma sœur dans un milieu rigoriste. Nous allions au solfège, au catéchisme, à la messe le dimanche, à l'opéra, et mon père possédait assez de bouquins pour recouvrir les quatre murs du salon. Il se vantait souvent de les avoir tous lus. Notre enfance a été bridée par des règles dures et psychorigides : pas de copain à la maison, pas de télé en semaine, vulgarité proscrite, punitions sévères. Nous n'avons jamais parlé de sexualité avec nos parents. Le sujet était tellement tabou qu'à ma première menstruation, j'ai eu trop honte pour le dire à ma mère. J'ai simplement attendu que ça passe, en mettant du Sopalin dans ma culotte. Je me demandais quelle était cette maladie qui me tordait le ventre et me faisait saigner. À l'époque, Internet n'existait pas et nous n'avions ni vidéo porno ni Doctissimo pour nous informer. J'ai alors trouvé ma réponse à la bibliothèque, dans un livre très intéressant qui m'a d'ailleurs appris plein de trucs.

À l'adolescence, je me suis rebellée contre cette éducation prude et autoritaire. En 68, j'avais seize ans et je fumais des pétards à ma fenêtre en cachette, avant de dormir. Je fréquentais des hippies dévergondés, drogués et plus âgés, que j'essayais d'imiter. Un soir, un *boysband* donnait un concert de rock sur une scène montée au milieu d'un champ. Mes amis connaissaient le chanteur et ont réussi à nous faire inviter après le concert. Pendant que tout le monde se shootait autour du feu, je me suis fait dépuceler par le guitariste dans sa bagnole. Le mec, vingt-six ans, me croyait bien sûr majeure. Il devait penser que j'avais l'habitude et ne fit rien pour rendre ce moment magique et agréable. Je ne pouvais m'en prendre qu'à moi-même, à force de jouer les allumeuses. J'ai donc perdu ma virginité à seize ans, en levrette sur une banquette arrière, avec un musicien défoncé. Chose qui aurait provoqué une syncope à ma mère si elle l'avait appris. Elle m'aurait directement envoyé au couvent. J'avais quand même pris une bonne rouste pour avoir dépassé de trois heures, l'horaire réglementaire. Cette soirée de débauche fut la première d'une longue série, à base de drogue et de sexe.

Héloïse, quant à elle, est restée dans le droit chemin. Nous sommes bien différentes. Aux yeux de nos parents, ma sœur a tout d'un ange et moi le diable au corps. Je ne sais pour quelle raison absurde, elle s'est lancée dans des études de médecine pour devenir radiologue. Brillante à tout niveau, elle a réussi chaque chose sans le moindre faux pas. Toute la fierté de mes parents se portait sur elle. Moi, je leur faisais honte, avec mes jupes trop courtes et mes collants effilés. Je me souviens du jour où mon père, au cours d'une engueulade mémorable, m'avait traité de traînée. Nous étions restés deux semaines sans nous adresser la parole.

Je n'ai jamais eu l'ambition d'Héloïse, à vrai dire je m'en fichais. J'ai étudié la philosophie pour ensuite l'enseigner au lycée à des imbéciles incultes. Moi qui avais tant détesté l'école, je choisissais d'y passer ma vie. Je renouais avec mon milieu littéraire et les voies de la sagesse, après une jeunesse dépravée. Je rassurais mes parents qui m'avaient vu finir pute, jongleuse ou clocharde. Mais je devenais officiellement l'illuminée de la famille. À mes débuts, je travaillais dans un lycée de banlieue où les garçons en terminale voulaient tous me sauter. En pleine puberté, à l'âge où les hormones les dérangeaient sérieusement, je devais leur apprendre l'éthique, la morale, la métaphysique et l'anthropologie. Je captais davantage leur attention avec un décolleté, qu'avec Aristote ou Heidegger. Je souffrais souvent du chahut et attendais la sonnerie comme une délivrance. Le prof de science, responsable de l'éducation sexuelle, trouvait en revanche nos élèves attentifs et très curieux. Étonnant. Je soupçonnais ses techniques d'apprentissage d'être perverses, voire pornographiques. Un jour, en passant devant sa classe, j'avais aperçu des godemichets ventousés à la vitre. Je m'étais alors mise à délirer sur ses pratiques.

Ma sainte et brillante sœur a épousé Albert, un cancérologue de son hôpital. Elle s'est mariée en le connaissant à peine. Albert m'a toujours insupporté en pensant détenir la science infuse, en jouant les aristocrates et en appelant Héloïse « Ma petite perle ». Moi, je n'ai jamais été la perle de personne. Ma sœur s'est embourgeoisée encore un peu plus et a mené la grande vie. Peu après leur mariage, elle est tombée enceinte et a coché alors toutes les cases de la réussite aux yeux de nos parents. Mais les années de souci, d'insomnie et de remise en question commençaient. Hugo ne s'avérait pas très doué et encore moins travailleur. Ses parents ne s'en occupaient pas, il était pourri gâté et scolairement à la traîne. Il fréquentait la bourgeoisie parisienne qui attendait de reprendre l'entreprise familiale. Hugo n'avait aucune ambition et rendait fou son père en refusant de marcher dans ses traces. Il a eu quand même un sursaut de conscience pour se bouger et a trouvé un subterfuge pour s'en sortir : il a rencontré une nana qui lui a sauvé la mise. Cette fille charmante, intelligente et richissime, est tombée amoureuse de ce crétin. Albert, qui avait failli renier son fils, s'est alors mis à clamer son succès sur tous les toits, comme s'il avait du mérite.

Ma vie sexuelle a démarré sur les chapeaux de roue mais s'est assez vite calmée. À l'époque, je me tapais tout ce qui passait, j'exagère un peu, mais pas tant que ça. Je multipliais les partenaires, les expériences, les plans à plusieurs. Par la suite, j'ai eu des histoires, mais aucune n'a vraiment duré. Je mène une vie très simple, d'amour et d'eau fraîche, mais surtout d'eau fraîche. J'ai rencontré quelques hommes, toujours des mecs fauchés et instables, des ouvriers, des livreurs, des cuistots, jamais des prix Nobel. La plupart me prenaient pour une conne, tiraient leur coup et disparaissaient des radars, envolés au petit matin. Avec les années, les rôles se sont inversés. Je n'avais plus envie de jouer, je voulais une relation sérieuse. Mon pouvoir de séduction fonctionnait pour une baise, mais j'étais incapable de garder le moindre blaireau. J'ai fini par accepter la solitude et je m'autosuffis parfaitement.

Passé la cinquantaine, je me suis en effet résignée à vivre avec mon chat. Il ne m'apporte pas la chaleur d'un homme mais lui, au moins, ne s'est jamais enfui avant le lever du soleil. En réalité, j'ai toujours pensé que le mari et la femme ne sont pas faits pour s'entendre. La hausse exponentielle du nombre de divorces le prouve formellement. Je vis les aléas du couple à travers celui d'Hélo qui me réconforte souvent dans mon célibat. À la retraite, avec son mari, ils ont eu la drôle d'idée de quitter Paris pour s'installer en Bretagne sur un caillou perdu. C'était le rêve d'Albert et ma sœur l'a suivi par amour, ce que je ne pouvais pas comprendre selon elle… J'y passais quelques week-ends, la maison était grande et les paysages splendides. Je reconnais les avoir jalousés pour ce paradis, ce calme, cette vue imprenable sur la mer et ses bateaux. Mais le couple était en réalité bien loin du bonheur.

Un jour, je leur rendais visite et j'ai découvert Albert complètement transformé. Il fumait cigarette sur cigarette, buvait dans une flasque et jouait avec un chien comme s'il n'en avait jamais vu. Il ne ressemblait plus en rien au médecin rigoureux et irréprochable que je connaissais. Il ne parlait plus mais vociférait des phrases au sens bien mystérieux. Nous n'avons jamais été en phase, lui et moi, et le courant est toujours passé moyennement. En effet, je ne mange que du bio, pratique une activité physique régulière et bois avec modération. Je m'accorde seulement un joint de temps en temps. Albert me méprise depuis toujours et agit à l'inverse de mes habitudes. À l'époque où je me bousillais la santé, il me le reprochait et depuis que je fais attention, il me trouve pathétique. Toutefois, en le voyant s'autodétruire à vitesse grand V, je le trouvais bien plus drôle et sympathique. Apparemment, à force d'être saoul en permanence, sa queue ne durcissait plus. Ma sœur avait beau enfiler sa lingerie coquine, se cambrer au maximum et lui susurrer à l'oreille de la prendre, Albert restait mou comme un chamallow. Elle se plaignait de son impuissance et rêvait du temps où son mari l'enfilait sur la commode. Avec les années, Albert est devenu un véritable Cro-Magnon. Je trouvais tout cela très amusant. En imaginant l'atmosphère qui devait régner chez eux, je remerciais le ciel de m'avoir épargnée.

Héloïse est récemment partie de la maison pour débarquer chez moi avec ses valises. Elle a décidé de quitter

Albert après de nombreuses mises en garde et je ne peux qu'applaudir cette décision. Nous cohabitons de nouveau, comme à l'époque de nos études. Elle m'inquiète beaucoup, elle ne sort pas et ne veut voir personne. Je la prends sous mon aile pour lui apporter le réconfort nécessaire. Quitter son mari était la meilleure chose à faire, mais après tant d'années de vie commune, je comprends que le coup soit dur. Je me démène alors pour lui changer les idées. Je lui présente mon groupe d'amis, des gens très excentriques pour elle, je le reconnais. Héloïse occupe ses journées à parler à Fripon, il est fondamental qu'elle retrouve une vie sociale. Plus tard, elle voit Hugo qui ne manque pas de l'accabler, l'accusant d'égoïsme envers son père. Vraiment, ce garçon n'en rate pas une.

Un soir, avec Hélo, nous allons à l'opéra. J'arrive en retard en ayant pédalé comme une dératée à cause d'un trafic infernal. En entrant dans le hall, je découvre ma sœur en pleine discussion avec un inconnu. L'homme la dévore du regard et prévoit sûrement de me piquer la place. Dans mon rôle de sœur protectrice, je m'empresse de prendre Héloïse par le bras pour l'emmener loin de ce corbaque. Je la sais encore fragile. Au début de la pièce, elle lui fait signe de la main et me demande mon avis. Moi qui la croyais au fond du trou à cause d'Albert, je me trompais sur toute la ligne.

Les jours suivants, elle retrouve son autonomie. Elle

marche au Luxembourg ou le long des quais et fait même les boutiques. Elle renoue des liens avec des connaissances parisiennes, de vieux amis du temps où elle et Albert habitaient la capitale. Elle revoit Solange de la Garde, une infirmière de l'hôpital Cochin, qu'elle connaît depuis des décennies. Solange est une gentille fille, catholique, mariée et mère de cinq enfants. Je n'ose pas imaginer l'enfer qu'elle a dû vivre ! En voyant le stress et les dépenses de ma sœur avec un seul mouflet, je trouve sado le fait d'en pondre autant. N'empêche qu'elle a pris sa retraite à cinquante-six ans, il y a quand même du bon.

Hélo sort parfois le soir, rentre souvent tard et un jour, ne rentre pas du tout. J'essaie de l'appeler en vain, je tombe sur son répondeur. Elle réapparait le lendemain, pimpante, en chantant comme une mésange au printemps. Elle m'avoue avoir revu le corbeau de l'opéra. Ils viennent de passer la nuit ensemble. Elle me raconte en détail sa soirée et ses ébats avec cet homme si délicat, si attentionné, si charmant… Je trouve ça hallucinant, moi qui n'ai plus joui depuis la mort de Kurt Cobain. Comme quoi, il y a des gens faits pour la solitude, dont je fais partie. En accusant ma sœur d'inconscience et d'irresponsabilité, au fond, je la jalouse terriblement. Un soir qu'elle sort encore avec son Édouard, je m'effondre en larmes dans mon lit. Je trouve la vie injuste et cruelle. Je me demande pour quelle raison elle me punit ainsi. J'ai toujours travaillé avec passion et implication, dans l'espoir d'instruire les crétins qui peuplaient ma classe. Je donne aux œuvres de charité, consomme des produits du commerce équitable et trie mes déchets de manière draconienne. Mais visiblement, je ne suis pas faite pour l'amour. Les hommes m'ont toujours prise pour une vide-burnes. J'ignore vraiment pourquoi le sort s'acharne à ce point. Je me demande à quoi joue Hélo en fréquentant ce type. Sans doute retrouve-t-elle le bonheur d'être désirée, considérée mais surtout culbutée passionnément. Elle refoule son mariage, les années de vie commune, leurs voyages au bout du monde, cette grande maison à Dinard. En peu de temps, tout ne semble être pour elle qu'un lointain souvenir. Cette façon de s'attacher aussi rapidement à un inconnu, ce coup de foudre réciproque, je trouve ça inconcevable. Comment deux êtres peuvent-ils se croiser, par hasard, dans une si grande ville et s'aimer aussitôt ? Ce genre de rencontre arrive aux autres ou dans les films mais pas à moi.

Il vient un jour où Héloïse souhaite me présenter son nouveau compagnon. Visiblement, leur relation devient sérieuse. Elle vit chez lui les trois quarts du temps. Je ne tiens pas spécialement à le rencontrer ; pour être encore jalouse et me rappeler à quel point je suis seule, non merci. Ma sœur insiste pour que je vienne dîner un soir chez Édouard. L'idée de tenir la chandelle entre les tourtereaux ne m'enchante pas. J'y vais finalement par curiosité, pour observer cet amour tout frais et comprendre comment font les amoureux pour cohabiter aussi vite. Je veux aussi en apprendre davantage sur le mystérieux corbeau séducteur. L'oiseau habite à Bastille, dans un chouette appartement rénové. Il se trouve à deux pas de son lieu de travail : une étude notariale dans laquelle il est associé. Héloïse me fait visiter les lieux comme si nous étions chez elle. En une semaine, elle a retrouvé l'énergie et la fraîcheur d'une adolescente. Elle affiche une mine superbe, une pêche d'enfer, et me confie même être allée chez l'esthéticienne pour une épilation intégrale. Édouard porte une tenue très classique, comme la déco de son salon : quelques plantes vertes, une bibliothèque, deux trois bibelots, un poisson dans un aquarium.

« Bonsoir Adèle, bienvenue ! Entre, on peut se tutoyer, fais comme chez toi ! »

Édouard se montre poli, chaleureux et dégage beaucoup de sincérité. Il porte des lunettes de vue et une barbe de trois jours qui lui vont à merveille. Il enfile un tablier de cuisine et s'agite derrière le plan de travail, pendant qu'Hélo et moi sirotons du champagne sur le canapé. Nous échangeons quelques banalités, la nuit tombe à peine et l'odeur venue du four emplit la pièce. Je suis estomaquée quand ma sœur lui lance : « Tu as besoin d'aide, chéri ? »

Je découvre entre eux une complicité déjà écœurante.

J'ai envie de disparaître, de rentrer chez moi, de retrouver mon chat et ma solitude. Édouard apporte un plateau de feuilletés et embrasse ma sœur sur le front. Sans doute, jouent-ils à me faire vomir le plus rapidement possible. Nous trinquons à l'Amour et en voyant le poisson, tout seul dans son bocal, j'éprouve pour lui une immense compassion. À table, les amoureux s'assoient côte à côte en face de moi et j'ai l'impression de passer un entretien. Édouard veut me connaître comme si j'étais essentielle à leur histoire. J'imagine Héloïse le briefer à l'avance pour éviter le sujet de ma vie sentimentale. Je tâche de faire bonne figure en coopérant du mieux possible. En lui racontant mon quotidien, je vois bien qu'il peine à garder son enthousiasme et à rebondir.

« Du yoga ? C'est super ça, il paraît que c'est plus physique qu'on ne croit ! Tu y vas souvent ? » J'ignore si Édouard fait du zèle ou s'il s'intéresse vraiment. Il est plus jeune que ma sœur, presque cinq ans d'écart, physiquement athlétique, les cheveux gris, le genre de mec qui se bonifie avec l'âge. Je repars frustrée, car vraiment, je ne trouve rien à lui reprocher. Je me demande pourquoi je ne suis jamais tombée sur ce genre d'homme. En rentrant, Fripon m'attend derrière la porte, fidèle et impatient de recevoir ses caresses.

Anna

Nous habitons Dinard, Charles et moi, depuis notre retraite. La maison appartenait à sa famille et il en a hérité au décès de sa mère. Nous avons travaillé à Marseille pendant quinze ans, en tant que propriétaires et gérants d'un hôtel, rue Montgrand. Nous adorions cette ville, son climat, ses paysages, son métissage, le sentiment d'être en vacances perpétuelles, la nonchalance collective. Nos enfants y ont grandi avant de partir étudier à Aix et à Nice. J'avais cinquante-sept ans et mon mari cinquante-neuf quand sa mère nous a quittés. L'hôtel tournait à merveille mais la chaleur et le bouillonnement de la ville commençaient à nous peser. Nous aimions la Bretagne pour y avoir passé de nombreux étés et songions à habiter Dinard définitivement. J'entends encore mon mari me dire : « Anna, ma chérie, tu verras comme nous serons bien. »

Charles s'est occupé de vendre l'hôtel et nous sommes partis vivre dans la maison de famille. Nous avons quitté Marseille avec nostalgie pour monter à l'autre bout de la France. Nous avons trouvé la maison parfaite : quatre chambres pour recevoir nos enfants, un salon lumineux, de la hauteur sous plafond, un grand jardin arboré. Au début, nous regrettions le Sud pendant les longs mois d'hiver mais à présent les paysages nous apaisent et la fraîcheur du climat nous rajeunit. Je rêvais depuis longtemps de prendre un chien. Avec Charles, on s'est mis d'accord pour une jeune Golden Retriever que l'on appela Dina (en rapport à Dinard). De toute ma vie, je n'avais jamais eu d'animal de compagnie, à part un simple poisson rouge étant gamine. Je me suis mise à aimer cette chienne comme nos propres enfants. Je l'emmène courir et se baigner tous les jours et par tous les temps. Elle trépigne dans l'entrée en remuant la queue dès que je prends sa laisse dans le tiroir. Les beaux jours, je sors le vélo du garage et Dina me suit en courant à côté.

Quant à Charles, peu de temps après notre installation, il a décidé d'investir l'une des chambres pour la construction d'un train électrique. L'idée l'a pris du jour au lendemain, comme une envie de faire Compostelle ou de commencer une collection. Il s'est mis à y consacrer ses journées en écoutant Renaud sur un tourne-disque. Il dépensait une fortune dans cette nouvelle passion en achetant des locomotives, des ponts, des moulins, des tunnels, des arbres et tout un tas d'objets miniatures. J'ignorais que mon mari avait une telle patience et qu'il pouvait travailler aussi méticuleusement. Il restait calme et concentré pendant des heures et je le trouvais méconnaissable. À Marseille, l'hôtel le rendait nerveux, stressé, insomniaque. Il pensait aux clients, aux factures, aux aléas de la saison touristique. Il frôlait souvent la crise de tachycardie et se shootait au Lexomil. La Bretagne et ce train électrique le métamorphosaient.

Mais la passion est rapidement devenue une addiction, une névrose, une véritable obsession qui n'a cessé d'empirer. Il lit des magazines, regarde des vidéos et passe des jours entiers, cloîtré dans sa pièce, à bidouiller des aiguillages. Charles est perfectionniste et le résultat ne le satisfait jamais. Il veut construire toujours plus grand, toujours plus haut, ajouter toujours plus de détails. Un jour, il a récupéré des palettes en bois chez un voisin pour fabriquer une montagne. On ne voyait plus le parquet à force de s'étaler alors il s'est agrandi en hauteur. Il a acheté de petits sapins, de la fausse neige et a empilé des cailloux trouvés dans la cour, qu'il a collés avec de la Super Glue. Il a même fabriqué téléphérique et une rivière coule grâce à la pompe d'un aquarium. Le résultat est magnifique, j'en conviens, mais le comportement de Charles devient alarmant. J'ai peur qu'il tire les voies jusque dans le couloir. À cause de cette nouvelle passion, il mange train, dort train, ne parle que de train sans arrêt. Quand nous faisons exceptionnellement l'amour, il m'abandonne au signal d'un passage à niveau. Je reste alors en plan sur le lit ou sur le buffet, à quatre pattes ou les jambes en l'air. Il revient cinq minutes plus tard avec le pénis ramolli, en me demandant si je n'ai pas sommeil.

À Dinard, nous n'avons pas beaucoup d'amis. Nous connaissons quelques voisins, du temps où nous venions en vacances. Pour la plupart, il s'agit de retraités, venus comme nous chercher la tranquillité. Je ne partage plus rien avec mon mari. En venant vivre ici, j'espérais que l'on se retrouve lui et moi, que l'on redevienne un couple, pas seulement des associés. Je n'arrive pas à comprendre ce qui pousse Charles à sombrer à ce point. Son implication devient une véritable maladie. Il saute des repas, tellement absorbé par son travail. Après l'achèvement d'une première montagne, il fabrique les Trois Vallées, installe des télésièges et des pistes de ski. Moi je n'ai jamais eu de passion, rien qui ne puisse m'occuper durant une journée. J'observe mon mari sans comprendre comment une simple activité peut à tel point devenir envahissante. Je lis ou regarde des reportages à la télé, je promène Dina sur la plage et m'en contente.

À la fin de leurs études, nos deux enfants ont quitté le Sud de la France pour monter travailler à Paris. Ils n'avaient plus d'attaches à Marseille et les opportunités se trouvaient dans la capitale. Ils se rapprochaient également de nous, ce qui me rassurait d'une certaine manière. Notre fille Agathe est devenue psychologue et exerce dans son propre cabinet. Elle s'est toujours intéressée aux autres, à leur personnalité, à leur caractère. Adolescente déjà, elle aimait la psychologie, la psychanalyse, l'étude de l'inconscient, le domaine des rêves, les souvenirs refoulés, les cas sociaux. Elle a toujours voulu en faire son métier : aider les autres à lever le voile, à reprendre confiance, à garder espoir, à remonter la pente. Agathe ne voit pas grand monde à Paris alors parfois le week-end, elle nous rend visite pour profiter du calme et de l'air marin. Elle vient nous distraire, nous raconter ses journées et rompre notre quotidien. Elle nous parle de certains patients délicats, des oubliés du monde, des malheureux à l'histoire tragique ou sordide. J'ai souvent cru ma fille fragile et sensible. J'ai découvert une femme forte, au mental d'acier. Alexandre, quant à lui, est commercial. Il vend des rasoirs Gillette dans la banlieue parisienne. Je ne trouve pas ce job très valorisant mais il roule en BMW de fonction et double son salaire avec les primes. Alexandre a toujours débordé d'ambition et d'une envie démesurée de faire fortune. Il est né avec une grande confiance en lui, un ego énorme, beaucoup d'arrogance et voue depuis l'adolescence un culte narcissique à sa personne. Il attache une importance capitale à son apparence, aux biens matériels. J'ai souvent su qu'au fond, il était très mal dans sa peau. Quand nous tentions de briser sa carapace, la discussion se terminait en dispute terrible. Alexandre vient rarement nous voir. Il mène la grande vie, pleine de fêtes et de voyages. Il n'a aucune sensibilité pour apprécier le charme de la côte et s'y ennuie mortellement. J'ai vu nos enfants grandir, quitter le nid, voler de leurs propres ailes. Quand je partage mon émotion avec Charles, il me répond simplement : « C'est la vie, il faut bien qu'il fasse la leur. » J'adore quand ils nous rendent visite. Nous avons pour une fois de la distraction et j'espère qu'ils vont raisonner leur père au sujet de sa maladie ferroviaire. Mais à chaque fois, ils s'extasient devant ses prouesses et la beauté de son paradis miniature. Je les prie de ne pas entrer dans son jeu mais ils rétorquent : « Laisse-le, regarde comme il est heureux. »

Pour être heureux, il l'est. Charles vit sur son nuage ou dans le petit monde qu'il construit, mais en tout cas plus dans cette maison avec moi. Je suis devenue un fantôme. Il se montre calme, docile, confortablement enveloppé dans une sorte d'ataraxie. Mais il préfère ses wagons à ma compagnie. Nous ne parlons plus de rien. Même mes formes ne l'intéressent plus. Autrefois, il en fallait peu pour l'exciter. Avec les années, j'ai beau tout faire pour réveiller son désir, il reste plongé dans *Loco-Revue*. Je voudrais hurler, le prendre, le secouer pour le tirer de sa léthargie. Parfois, j'ai envie de mettre le feu à sa maquette géante. L'idée de quitter Charles me traverse par moment, mais je reste, incapable de réagir, de prendre une décision. Je n'en ai pas le courage. J'aurais la culpabilité d'un parent qui abandonne son enfant trisomique sur une aire d'autoroute.

Je promène Dina tous les jours, qu'importe le temps. Je prends la voiture pour nous rapprocher de la plage et la faire courir dans le sable. Je marche lentement pendant qu'elle fait des allers-retours. Le temps est rarement clément et l'endroit souvent désert.

Un jour, je sors ma chienne entre deux averses et je croise un homme qui en fait autant. Il promène un berger australien roux et blanc qui ramène sans cesse un bâton. Le chien essaie de draguer ma Dina mais je la sais exigeante et farouche. Moi en revanche, je ne cracherais pas sur son maître. Nous semblons avoir le même âge et je le trouve plutôt séduisant. Vu ma triste sexualité et la difficulté des rencontres ici, il gagne mon attention. Il porte un caban, un jean et des baskets, fume dans le vent, le regard au loin, une main dans la poche. J'ai alors honte de ma tenue, moi qui porte une vieille polaire et des bottes en caoutchouc. J'ai toujours été très timide et maladroite en approche. J'aimerais qu'il entame une conversation, aussi anodine soit-elle. Mais il me salue simplement, avant de continuer son chemin. Je marche alors en me répétant : « Quelle conne, mais quelle conne ! » et la pluie se met à tomber. J'ai tout juste le temps de rejoindre ma voiture avant que l'averse ne tourne au déluge. Je charge Dina dans le coffre et reprends la route de la maison. Je roule au pas, à l'aveugle sous des trombes d'eau, quand j'aperçois le charmant inconnu, réfugié dans un abribus. Mon sang ne fait qu'un tour, il faut réfléchir vite. Je m'arrête pour lui proposer de monter. Il met son chien à l'arrière et s'engouffre côté passager en jurant contre la météo. Il est trempé de la tête aux pieds et dégouline sur mes sièges en cuir. Nous sommes là, sous cette pluie battante, à nous regarder dans les yeux. Son visage se détend aussitôt. Il parle le premier. Il s'appelle Albert. Je le ramène jusqu'à sa maison, une énorme bâtisse comme la nôtre, mais en première ligne face à la mer. Il fume certainement beaucoup, vu sa voix rocailleuse, mais elle colle avec le personnage, loin de me déplaire. J'entre dans sa cour pour le déposer au plus près de la porte. Contre toute attente, il me propose de rentrer boire un thé, un café, ou n'importe quoi d'autre. Et je m'entends encore refuser son invitation, en prétextant que Charles doit m'attendre et s'inquiéter. Je lis la déception dans ses yeux avant qu'il ne sorte sous la pluie pour récupérer son chien à l'arrière. On se dit au revoir avec regret, *à une prochaine fois sur la plage* et je quitte sa cour. Dans la voiture, je me traite de tous les noms. Je suis vraiment la reine des pauvres filles. « Je dois rentrer. Avec l'orage, mon mari doit s'inquiéter ! » Tu parles. Charles a passé la journée à suspendre des parapentes avec du fil de pêche et à fabriquer une cascade. Il n'a aucune idée de l'heure ni du temps qu'il fait dehors. Pour une fois qu'il se passe quelque chose dans ma vie ! Agacée, je prétexte avoir pris froid pour monter me coucher sans dîner.

Le lendemain matin, je suis effectivement malade, clouée au lit par une grippe carabinée. Dehors brille un soleil magnifique et le thermomètre affiche presque vingt degrés. Je bouquine dans la chambre quand Charles entre, habillé pour sortir, la laisse de la chienne à la main.

« Je vais promener Dina sur la plage, elle trépigne, ça me fera prendre l'air ! »

J'ignore quelle mouche a piqué mon mari pour qu'il entreprenne une telle sortie. Il quitte enfin sa grotte, miracle, peut-être le maléfice du train est-il rompu. Je reste sous la couette tout l'après-midi à boire de la tisane. Je repense à Albert, à sa proposition et m'interroge sur sa vie sentimentale. Je cherche différentes hypothèses. Finalement, je me persuade qu'il est veuf. Charles rentre deux heures plus tard et se replonge aussitôt dans son univers miniature comme un toxico en manque. Au repas, il m'annonce avoir croisé un homme qui promenait son chien, un berger australien qui avait l'air adorable.

« Comment tu sais, tu lui as parlé ? je demande.

— Je parle du chien, Anna, pas du maître. »

Je maudis cette foutue grippe, je suis vraiment dépitée.

Ma bonne étoile se réveille enfin quelques jours plus tard, en me faisant de nouveau croiser Albert sur la plage déserte.

« Je m'en suis voulu l'autre jour, j'ai été idiote, je lui dis.

— Ma proposition tient toujours, vous savez. »

Je m'efforce de garder un minimum de retenue mais je ne me fais pas prier. Chez lui, on voit la mer et Saint-Malo depuis le canapé. Il me demande ce que je veux boire et me propose un scotch. L'horloge affiche à peine quinze heures, mais quitte à se lâcher, autant y aller à fond. Il verse deux doigts dans chaque verre et nous trinquons. Albert parle peu, il semble à la fois proche et très loin. L'alcool me saoule rapidement et je me sens incroyablement légère.

« J'espère que ça ne dérange pas votre mari… », déclare-t-il en regardant par la fenêtre. Je savais qu'il me tendrait la perche. « Vous savez, mon mari est très occupé… En fait, il est tellement occupé que je n'existe plus. Rassurez-moi, Albert, vous n'avez pas de train électrique ?

— Non, quelle idée ! Pourquoi ?

— Parce que mon mari, si ! Et il y passe tout son temps. Il ne me regarde plus, vous voyez, je suis devenue invisible, je ne sais plus quoi faire et je… »

Je lui raconte tout. Je vide mon sac, comme ça, devant lui, sans retenue. L'alcool désinhibe. Il m'écoute en silence, en fumant une cigarette, en sirotant son whisky. Il doit sûrement me trouver cinglée. Je fonds même en pleurs tellement je suis à bout. C'est la première fois que je craque à ce point devant un inconnu.

« Je ne sais pas pourquoi je vous raconte tout ça, c'est ridicule… Excusez-moi.

— Vous savez, on a tous nos problèmes et c'est bien d'en parler. Moi je suis séparé de ma femme, vous voyez ! On ne pouvait plus se voir, alors elle est retournée habiter chez sa sœur… »

Il déballe son fardeau à son tour et je l'écoute en essuyant mes larmes avec un mouchoir. Nous sommes là, face à la mer, à nous raconter notre vie, à nous libérer, à nous confier. Un lien très fort se crée et voilà longtemps que je ne me suis pas sentie aussi apaisée.

À partir de ce jour, je me mets à voir Albert régulièrement, comme un thérapeute, un confident. Sa compagnie, son attention et sa bienveillance me sont désormais vitales. Avec lui, j'ai de nouveau le sentiment d'exister. Je me sens considérée, comprise, peut-être même désirée. Mais il n'y a rien de sexuel entre nous, aucun rapprochement physique, même si d'une certaine manière, nous nous mettons à nu. Lors de nos échanges, nous plongeons dans une confidence sans limites. Notre complicité se renforce avec le temps. Nous pourrions nous abandonner l'un à l'autre sur le canapé, un après-midi pluvieux, personne ne le saurait. Jamais Albert ne m'approche. Il ne laisse aucune place à la moindre ambiguïté, et malgré tout, je reste stupidement amoureuse de Charles.

Plus les années passent, plus je le vois comme une personne malade et vulnérable. J'ignore ce qu'il cherche à fuir, en s'enfermant dans ses maquettes. La sécurité de son monde miniature semble le rassurer. Ses contacts avec l'extérieur se réduisent de plus en plus.

Parfois, le soir, je me blottis dans ses bras. Il ne dit rien, il ne bouge pas. J'ai l'impression d'enlacer un tronc coupé. Il m'arrive de pleurer, la tête contre son torse. J'ignore si Charles s'en aperçoit.

Hugo

Je suis fils unique, mes parents en ont décidé ainsi. Ils ont dû se dire qu'un seul gosse suffit, que ça cause assez de problèmes, assez d'insomnies, que ça coûte assez cher. Alors j'ai grandi seul avec eux, sans sœur à embêter, ni frère avec qui jouer. Pendant longtemps, j'ai eu l'impression d'être la dernière chance d'un mariage foireux, quand le couple va mal, que l'affaire est bancale et qu'il frôle le divorce. C'est le cas de mes parents : deux personnes absolument incompatibles sur le papier. Je suis né avec une mission, celle de rapprocher deux opposés, de consolider une union fragile. Je n'étais pas un gamin facile, je le reconnais. Peut-être que je voulais me venger d'avoir été enfanté par égoïsme, plus que par amour, me venger d'avoir été la roue de secours d'une bagnole mal embarquée.

J'ai eu l'adolescence d'un jeune livré à lui-même. Je traînais après les cours, fuyais la maison où résonnaient des engueulades en permanence. J'en avais marre de jouer l'arbitre, le médiateur entre mon père et ma mère. Ils voulaient que je parle, que je tranche, que je donne mon avis, que je prenne parti pour l'un ou pour l'autre. Je trouvais cette situation épuisante. Ils travaillaient tous les deux beaucoup, en tant que spécialistes à l'hôpital Cochin. Quand je rentrais du collège, personne n'était là pour m'accueillir ni pour m'aider à faire mes devoirs. Je prenais mon goûter seul devant la télé. J'ai été élevé par des nourrices, par des parents d'amis, par certains profs, par Internet. Arrivé au lycée, avec les sorties libres, j'ai commencé à sécher pas mal. Je traînais avec les plus rebelles, les petits voyous, les cancres. On fumait des joints au skate park au lieu d'aller en classe. Je faisais partie de cette jeunesse des beaux quartiers, dont les parents ne s'occupent pas, livrée à elle-même, à la fois chanceuse et malheureuse. Je me fichais de leur argent et de tous leurs cadeaux. J'aurais simplement voulu qu'ils soient là pour moi. Et puis l'école ne m'intéressait pas. Mon père me répétait sans cesse : « Hugo, bon sang, qu'est-ce qu'on va faire de toi ? »

Je ne foutais rien, j'étais un branleur et j'ai retapé la seconde. Toute la famille s'inquiétait pour mon avenir. Alors mes parents m'ont envoyé passer un an à Cambridge dans une école religieuse. Là-bas, les filles et les garçons ne se croisaient jamais, nous portions un uniforme à carreaux et les profs faisaient l'appel chaque heure. Quand les filles sortaient dans la cour, tous les mecs se collaient à la fenêtre pour les mater, comme des chiens enragés contre le grillage, au passage du facteur. Nous dormions à l'internat dans un couvent tenu par des moines protestants. Nous n'avions ni le droit de fumer, ni de ramener de l'alcool dans les dortoirs (mais nous le faisions quand même). Je parlais un anglais désastreux et ne pigeais rien à ce que me disaient les autres. J'étais en taule, littéralement : pas de sortie, pas de télé, pas de nana, pas de soirée, l'enfer sur Terre. Je maudissais mes parents de m'avoir envoyé dans ce goulag. Je les haïssais. J'aurais voulu m'évader à la Mesrine, partir avec mon sac à travers les bois, prendre un bus pour Londres, me tirer très loin. Mais il y avait des barreaux aux fenêtres et un gardien à l'entrée. Le pire, c'est que mes parents payaient une fortune pour que je sois enfermé là-bas. Ils m'avaient dit sans trop y croire : « Tu verras, mon chéri, ce sera une expérience formidable ! »

Tous les matins, nous chantions *God Save the Queen* avec une main sur le cœur et nous assistions à des messes dans la chapelle de l'école. Je m'étais finalement plié à cette discipline et la rigidité du cadre m'avait fait revenir mûri et raisonné. J'ai obtenu mon bac avec mention et mon père me voyait déjà médecin. Il en était hors de question ! Je déteste parler des organes, du corps humain et la vue du sang me dégoûte. Il tenta par tous les moyens de me convaincre et rugissait que dans la famille, nous étions médecins de père en fils. Il finit par lâcher prise, désabusé par mon entêtement.

Après des années d'interrogation et des heures passées sur le site de l'Onisep[2], j'ai fini par trouver ma voie. Je voulais faire de la politique et visais Science Po Paris. Mon père, forcément, dénigrait ce choix et me renvoyait sans ménagement : « Tu es beaucoup trop introverti pour faire de la politique ! Et puis, c'est un milieu de requins, tu vas te faire bouffer ! » Sur les bancs de Science Po, seuls les méritants ont leur place et je partais de loin. Il allait falloir s'employer.

Côté gonzesses, rien de très passionnant, deux ou trois coups faciles, avec des filles banales, histoire de ne pas rester idiot trop longtemps. Je n'ai jamais su m'y prendre, je perds mes moyens, bégaye et préfère disparaître. Je manque de confiance en moi. Sur le plan sentimental aussi, mes parents se faisaient du souci. À dix-neuf ans, je n'avais encore ramené aucune copine à la maison. Ils devaient me croire homo ou carrément asexué.

2. Éditeur public, l'Onisep produit et diffuse toute l'information sur les formations et les métiers.

J'ai finalement rencontré Victoire, à la bibliothèque. Elle étudiait à l'ESCP, quand moi je préparais Science Po pour la troisième fois… Physiquement, Victoire a tout d'un ange : blonde, bouclée, de grands yeux bleus, taille moyenne, mince, un air assuré de future *working girl*. La première fois qu'elle m'a parlé, elle a dû me prendre pour un looser. En ayant raté deux fois le concours, forcément, je ne marquais pas des points. Après une prépa à Henri IV, elle a obtenu la troisième marche du podium, derrière HEC et l'ESSEC. « Un peu déçue, mais au moins, je ne suis pas à Cergy ! » s'est-elle justifiée d'elle-même.

Au début, j'avais vraiment le sentiment d'être un tocard. Je n'étais clairement pas au niveau. Malgré tout, je semblais lui plaire, ou du moins l'intriguer. Victoire me regardait comme on regarde un lapin nain auquel il manque une oreille, à l'animalerie. On le trouve à croquer, mais en même temps, on hésite à l'adopter. Avec elle, mon côté maladroit et nonchalant fonctionna à merveille. Je n'espérais rien. Je trouvais cette fille trop belle pour moi, trop intelligente, trop ambitieuse, trop parfaite… Victoire vient d'une famille aristocrate, française par sa mère, luxembourgeoise par son père. Elle a beaucoup de manières et parle d'un ton snob, ce qui fait aussi son charme.

Je suis tombé amoureux d'elle, elle m'a mis au travail et j'ai réussi le concours. Pour mes parents, il s'agit d'un vrai miracle, eux qui me voyaient vivre à leurs crochets encore des années. Pour la première fois, dans leurs yeux, j'ai vu une forme de fierté et d'admiration.

Une fois diplômée, Victoire s'est fait embaucher chez LVMH, en stratégie marketing pour Sephora France : un poste à la hauteur de son ambition et des attentes familiales. Depuis le premier jour, elle m'intimide par sa confiance, sa soif de pouvoir, sa capacité de travail et l'image qu'elle renvoie, celle d'être infaillible sur tous les plans.

Quant à moi, après le concours, je me cherchais un avenir sur les bancs de la fac. Je compris rapidement que la politique n'était pas faite pour moi. Ou plutôt, je ne suis pas fait pour la politique. Mon père avait raison, il jubilait et j'étais en colère. J'ignorais quoi faire de ma vie et attendais une illumination. J'ai toujours avancé pas à pas, en me posant le moins de questions possible. Sans doute, le plus dur restait à venir et pour la première fois, je ressentais cette angoisse de l'incertitude.

Pour mes vieux, en revanche, j'étais tiré d'affaires. Victoire serait l'ange gardien qui veillerait sur moi. Elle me tirerait vers le haut et avec elle à mes côtés, rien ne pourrait m'arriver. Alors ils ont pris leur retraite et ont quitté Paris du jour au lendemain pour la Bretagne. Ils ont vendu notre appartement dans le 6e arrondissement pour acheter une maison à Dinard face à la Manche : une baraque trop grande pour eux avec un immense terrain à entretenir. Mon père n'avait jamais tondu une pelouse ni taillé un bonzaï. Je doutais qu'il s'occupe lui-même du parc entouré d'une énorme haie. J'imaginais mes parents, isolés sur ce rocher, très loin de leurs habitudes parisiennes, à devoir se supporter matin et soir. Pour eux qui avaient consacré leur vie à leur travail, la retraite annonçait un vide sidéral.

En quittant Paris, ils ont coupé avec toutes leurs connaissances et cet éloignement n'a rien arrangé à leur ennui. Je me demandais comment ils feraient pour tenir. En effet, il n'a pas fallu longtemps à mon père pour partir en vrille. Premier signe, il a commencé à fumer, pour le plus grand inconfort de ma mère. Pour lui qui avait toujours déblatéré sur les ravages du tabac, cette nouvelle habitude était pour le moins surprenante. Second signe, il a adopté un chien. Petit, jamais mon père n'avait cédé pour un animal, ni chat ni hamster, pas même un poisson rouge. Je ne le reconnaissais plus. Il m'inquiétait. J'en parlais à ma mère, impuissante et désemparée.

Nous venions les voir à Dinard, avec Victoire, le week-end. Nous aimions admirer la mer et respirer l'air du large. En voyant le couple de mes parents totalement s'effriter, nous espérions que le nôtre tienne le coup. Je me souviens du jour où nous sommes arrivés vers onze heures, pour le déjeuner. Il flottait dans le salon une suffocante odeur de tabac froid. Ma mère peignait sur la terrasse, un nouveau loisir qui lui servait d'échappatoire. Quant à mon père, il gisait dans le canapé à côté d'une bouteille de porto vide, posée sur la table basse. Il s'agissait là d'un troisième signe. À notre entrée, il a grommelé d'une voix préhistorique sans bouger d'un millimètre. Victoire savait à quoi s'attendre. Je l'avais prévenue, mais elle a été horrifiée de le voir dans un état aussi lamentable. Heureusement, César nous a accueillis avec son enthousiasme et ses grands yeux doux. Ce chien est un amour. Mon père devenait alcoolique pour tenir dans cette vie qu'il ne semblait plus supporter. J'ai terminé mes études, loin de la tourmente parentale, dont j'avais fait les frais étant jeune. Leur relation ne me concernait plus.

Grâce au père de Victoire, j'ai finalement obtenu un poste de fonctionnaire d'État où je travaille pour le gouvernement. Un emploi prestigieux qui rend fier mon père et qu'il clame haut et fort. En réalité, on ne me confie pas d'énormes responsabilités. Je ne suis pas de ceux qui prennent les décisions. Je suis le pistonné de service mais personne ne peut me reprocher mon travail. On me paye grassement pour gérer de la paperasse administrative et organiser des agendas. Cette situation me convient parfaitement.

Victoire et moi avons emménagé à la Butte-aux-Cailles, dans un appartement *cosy* avec de grandes fenêtres. Je m'occupe avec soin de plusieurs plantes vertes et de trois guppys dans un aquarium cylindrique. Un dimanche, alors que nous regardons une série dans notre cocon, mon téléphone sonne. Ma mère se trouve à Paris et débarque dans l'heure. Elle m'annonce avoir quitté mon père pour retourner chez ma tante Adèle. La séparation de mes parents était logique, je trouvais même étonnant qu'elle n'ait lieu que maintenant. J'en ai quand même voulu à ma mère de prendre la décision aussi subitement, sans même m'en parler. Je reconnais avoir été un peu dur avec elle quand elle m'a annoncé être revenue habiter chez ma tante. Je m'inquiétais de savoir mon père seul dans cette grande maison, à fumer clope sur clope, en picolant du matin au soir. Les idées morbides peuvent vite arriver et j'avais peur qu'on le retrouve pendu dans le garage.

Adèle a accueilli ma mère comme au temps de leurs études. Vieille fille, elle vit avec son chat depuis toujours.

Personne ne l'a vue avec un homme depuis des décennies. On pense qu'elle n'assume pas son homosexualité. J'ai revu ma mère quelques semaines plus tard, métamorphosée, rajeunie, pétillante, plus heureuse que jamais. Elle avait changé de coupe et portait de nouvelles fringues. On aurait dit une ado qui croquait la vie à pleines dents.

J'ai également rendu visite à mon père qui, loin d'être au fond du trou comme je l'appréhendais, renaissait lui aussi de ses cendres. Il fumait moins et avait largement ralenti sur la boisson. Je lui ai même trouvé un certain charme avec ses cheveux grisonnants. Il avait reperdu les dix ans qu'il avait pris en un rien de temps. Mes parents ont été revigorés par l'éloignement, comme si cela leur avait procuré à chacun une énorme bouffée d'oxygène. Je trouve ça tragique d'avoir fait semblant pendant tant d'années. Mais dans leur famille catho, ils se devaient d'être irréprochables, sur un plan professionnel comme familial. Divorcer en ayant un enfant à charge fait mauvais genre.

Quant à moi, j'aimais déjà passionnément Victoire et j'ai fini par l'épouser. Notre mariage s'est bouclé un été, sous un ciel désespérément gris, entre deux averses. J'ai vu en ce jour mes parents réunis pour la première fois depuis des mois. Ma mère se tenait aux côtés d'Adèle qui portait une tenue aussi excentrique qu'inappropriée.

Mon père avait attaché son chien à la sortie de l'église et je le soupçonnais d'avoir picolé avant de venir, pour se donner du courage. Il avait gardé ses lunettes de soleil pendant toute la cérémonie et semblait dormir debout. Ma mère avait les larmes aux yeux. Elle répétait sans cesse à Victoire qu'elle était magnifique (c'est vrai qu'elle l'était). De leur côté, ses parents invitèrent tous les membres de leur arbre généalogique, aussi éloignés soient-ils. Il y avait des oncles, des tantes, des cousins au troisième degré, des comtes, des ducs et des amis venus de plusieurs pays. Dans ma famille, mon père est fils unique et Adèle n'a ni mari ni enfant. Toutefois, mes parents n'ont pas manqué de convier de vieilles connaissances à impressionner. Il y avait même ce couple de Rennais, rencontré en voyage au Cap-Vert il y a des années. Pendant la fête, ma mère a désespérément cherché un parti pour sa sœur, un célibataire à caser, susceptible de sortir avec un rideau ambulant qui empeste le muguet. L'oiseau rare ne passait pas inaperçu mais n'a pas fait mouche. Les regards se tournaient au passage d'Adèle, interloqués par ses cheveux, ses couleurs, ses motifs et les énormes bracelets qui pendaient à ses poignets. Pendant la fête, mon père est resté près du bar, aussi associable qu'un croque-mort. Il enquillait les verres sans se cacher, sous nos regards accusateurs. C'est vrai qu'il nous faisait honte. Il parlait à César : « Regarde-les-moi se dandiner ! » Même mon beau-père n'osa pas venir le saluer. De sauveur de vies à l'hôpital, mon père est devenu misanthrope.

Nous avons désormais la bague au doigt. Je fais officiellement partie de la famille de Victoire, qui m'a accepté sans lettre de noblesse. Son père aurait préféré pour sa fille un descendant de grande lignée avec un nom à particule. Je ne m'appelle pas « de Machin » mais avec deux parents cathos et médecins, je fais l'affaire. Ma belle-famille est très vieille France. Ou vieux Luxembourg, je ne sais pas. Elle représente parfaitement sa caste. Évidemment, les parents habitent un château familial, transmis de génération en génération, au prix d'un entretien faramineux. Ils possèdent plusieurs hectares de terrain, des champs, des bois et un étang. Henri arpente le domaine au volant d'une voiturette de golf. Il porte un béret, un veston sans manches, des bottes Aigle, une écharpe Burberry et marche les mains dans le dos. Il fume un cigare qu'il tient entre ses dents en conduisant la voiturette. Dans un pré, ils parquent des chevaux que nous montons le week-end.

Un jour après le déjeuner, mon beau-père me montre une énorme armoire remplie de fusils qui servent à la chasse et au tir au pigeon. Il veut m'initier à cette pratique un lendemain de cuite, où je suis sorti avec des amis. Le beau-père me tend un fusil qui pèse une tonne, chargé de deux cartouches. Il m'enfile un casque antibruit et me place sur le pas de tir. Je dois crier « pull » pour l'envoi de la cible à exploser. Je n'ai jamais été précis et déteste les armes à feu. À chaque lancer, j'appuie sur la détente, le coup part dans un bruit assourdissant et la crosse du fusil me déboîte l'épaule. Le plateau d'argile virevolte sur cent cinquante mètres pour aller se perdre dans les arbres. Cette expérience de ball-trap est donc un véritable fiasco.

Mes beaux-parents emploient dans la maison un jardinier et une cuisinière à temps plein, qui logent dans une annexe du château. Chez eux, j'ai parfois l'impression de remonter le temps de plusieurs siècles. La pelouse, les massifs, les jardins sont toujours impeccables et nous mangeons du gibier aux truffes. L'accueil est bien différent de chez mon père où le terrain est à l'abandon, la bouffe en conserve. Heureusement chez lui, la vue sur la mer ne change pas et le calme de l'endroit reste reposant.

Nous menons, Victoire et moi, une vraie vie parisienne. Comme tout bon Francilien qui se respecte, notre travail et les transports occupent les trois quarts de notre temps. Je m'entraîne dans une salle de sport, tard le soir, plusieurs fois par semaine. Je transpire sur un tapis roulant en me voyant courir de profil dans un immense miroir. Je déteste croiser mon reflet. Certains mecs, au contraire, passent leur séance à s'admirer, le corps luisant et contracté. Je retrouve les mêmes types dans les vestiaires, qui se baladent la bite à l'air sans aucune pudeur.

Contrairement à Victoire, on me donne des horaires fixes et je n'ai jamais été carriériste. Je remplis mes fonctions au minimum pour ne pas décevoir Henri qui m'a obtenu cette gâche. Ma femme, en revanche, ne compte pas ses heures et aucune journée n'est trop longue pour grimper dans la hiérarchie du groupe LVMH. Elle rentre souvent tard, parfois même très tard en période de *deadlines* urgentes. À trente et un ans, avoir un enfant est loin d'être sa priorité. Elle n'y songe même pas. De toute évidence, une grossesse suivie d'un congé mat' la couperait complètement dans son ascension vers le sommet. Pour ma part, rien ne presse. Je me sens bien trop jeune pour devenir père et me comporte encore souvent comme un ado.

Victoire est une femme forte et déterminée. Elle aime avoir raison en permanence et obtenir ce qu'elle veut. Elle a l'habitude d'arriver à ses fins. Pour ses parents, elle est la plus brillante, la plus belle, celle qui ira le plus loin. Si l'un de nous doit sacrifier sa carrière pour un enfant, ce doit être moi. À la maison, je réalise la plupart des tâches ménagères. Peu importe, ce rôle de second me convient parfaitement et je l'accepte sans rechigner. Je suis fier d'avoir épousé une femme de caractère. Nous sommes complémentaires. Avec elle, je dois souvent m'écraser et faire profil bas, mais ma personnalité n'a jamais été dominante.

En revanche, quand il s'agit de sexe, Victoire brise tous les codes. En public, jamais elle ne perdrait la face : impeccablement coiffée, maquillée, habillée, gestes calculés, regard assuré, discrétion absolue. Elle ne laisse aucune émotion transparaître et se montre froide comme un glaçon. Mais lors de nos rapports, elle s'adonne chaque fois à une soumission sans limite, comme un besoin brûlant de tout lâcher, de tomber le masque, de baisser enfin la garde. Elle retient son souffle au quotidien, comme dans un corset trop serré. Alors elle quitte son habit de conquérante intimidante, pour se laisser pleinement dominer et maîtriser. Lors de nos ébats, Victoire inverse les rôles et son comportement passe d'un extrême à l'autre. Elle se veut insultée et violentée de manière crue et brutale. Elle me crie et me supplie des choses que je n'aurais jamais imaginé laisser sortir de sa bouche. Elle n'attend plus aucun respect de ma part, au contraire, et m'oblige à la brutaliser sans ménagement. Victoire peut devenir tellement grossière qu'il me semble parfois coucher avec une autre. Quand nous faisons l'amour, elle se transforme, se déchaîne, devient comme possédée. Pour ma part, la sobriété me va bien et je fais tous les efforts du monde pour la combler. Mais j'ai toujours un peu l'impression qu'elle reste sur sa faim.

De cette manière, nous avons trouvé un équilibre sur la balance des pouvoirs. Elle joue la chef au quotidien, décide pour les vacances, les sorties, les films à voir. Moi, je suis le roi du sexe, l'empereur du lit. La chambre est mon royaume, mon territoire. Ici, tout m'est permis. J'exerce sur Victoire une emprise infinie, une autorité indiscutable. Et dès la fin de la partie, elle redevient la maîtresse de maison, la femme glaciale, avide de pouvoir. Elle retrouve son caractère, sa froideur et sa retenue. Elle ferme la parenthèse, et moi, puissant empereur, je redeviens petit valet.

J'ai gardé mes potes d'enfance et continue de les fréquenter. La plupart se sont mariés, certains ont même des gosses et tous occupent des postes importants. Nous sommes une bande de cinq, amis depuis la primaire. Nous avons toujours étudié ensemble, dans les mêmes établissements privés de la capitale. Tous nés avec une cuillère en argent dans la bouche, aucun n'a eu de mal à se faire une place au soleil. Avec eux, j'ai séché mes premiers cours, pris mes premières cuites, grillé mes premières clopes et gobé mes premiers taz. Nous avons parlé de nos premières branlettes, de nos premières copines, de nos premières expériences. Nous étions une jeunesse dorée, aussi désabusée qu'infréquentable. Quinze ans plus tard, nous formons toujours les cinq doigts de la main. Bien sûr, le temps a passé, nous avons mûri et pris des responsabilités. Parfois, le week-end, notre club se retrouve pour des festivités nocturnes. Nous aimons fêter nos retrouvailles entre mecs, sans nos femmes, comme au bon vieux temps. Nous sortons dans des bars branchés pour boire à n'en plus finir. Si certains tapent encore à l'occasion dans la blanche, moi j'ai arrêté cette merde il y a bien longtemps. L'alcool me suffit et lors de ces soirées, je me colle généralement des mines monumentales. On se donne rendez-vous le vendredi soir après le boulot pour un *afterwork*. On débarque en costard, comme de bons cadres trentenaires dynamiques. Victoire m'autorise ces sorties, même si je l'exaspère en buvant beaucoup trop. Elle me sait fidèle, papillonner n'est pas mon genre. En effet, si la boisson me rend souvent incontrôlable, je me désintéresse complètement des autres filles. Thomas et Greg, en revanche, après trois verres et une ligne, ne se gênent pas pour aborder des nanas. Depuis le lycée, il faut qu'ils branchent, qu'ils flirtent, qu'ils chopent, comme pour combler un besoin de séduire inassouvi, de se rassurer constamment. Ils attaquent à grands coups de sourires brossés au bicarbonate, armés de leur bagout et de leur Visa Infinite. Je les ai toujours admirés pour ça, moi qui n'ai jamais su m'y prendre.

Un vendredi soir, je quitte le bureau à dix-neuf heures pour filer rejoindre mes camarades et entamer une soirée endiablée. Victoire finit tard pour reprendre tout le travail de la nouvelle stagiaire, à boucler avant lundi. Nous attaquons les hostilités dès vingt heures, l'équipe au complet. Nous vidons des bouteilles de rouge en mangeant des planches sur un tonneau. Vers vingt-trois heures, nous migrons vers un bar lounge, avec musique d'ambiance et lumière violette tamisée. En arrivant, Thomas et Greg s'enferment aux toilettes pour sniffer leur première ligne de coke. Ils reviennent remontés à bloc, quand moi je siffle ma première vodka-Red Bull. Dans ce lieu, beaucoup de mecs viennent flamber en dépensant des sommes délirantes. Avant minuit, la vodka me tape le crâne, la musique compresse mes tempes et je sors fumer en titubant. J'ai l'impression d'être sourd et perds toute notion du temps.

Je pense à mon père alcoolique et me dis qu'il y a là un caractère héréditaire. Il m'a souvent raconté les soirées médecine de sa jeunesse. Il les utilisait d'ailleurs comme arme de conviction, pour me pousser à suivre ses traces : les beuveries hebdomadaires où les studieux futurs médecins devenaient des animaux enragés. Il me parlait des open-bars, des bizutages, des ventriglisses dans les couloirs de l'internat. Il me racontait les concours de glaçons cassés avec le front, les nanas de première année qui suçaient dans les chiottes, les mecs torchés qui se vomissaient dessus. Mon père pensait me convaincre, moi je trouvais ça effrayant.

Nous avons à la table voisine une bande de gueulards flambeurs. Sûrement des commerciaux qui se prennent pour des parrains de la pègre. Ils affichent des marques de luxe, des montres blings, et payent des litres de champagne à des pouffes surmaquillées : vraiment le style de débarqués qui dilapident leur oseille. Moi je fume dehors, appuyé contre un mur pour me tenir debout et tout se mélange dans ma tête. Quand je retourne à notre table, une nouvelle bouteille de vodka Grey Goose trempe dans le seau et nous attaquons la seconde mi-temps.

Cette nuit-là, comme à chacune de nos soirées, je rentre totalement raide. Le Uber me dépose devant l'immeuble, je vomis contre un arbre et m'y reprends trois fois pour taper le code du hall. Je trébuche dans l'entrée en me prenant les pieds dans le paillasson. Je reste à terre pour ramper dans le couloir jusqu'à la chambre, sans faire de bruit. La lumière s'allume sur Victoire qui me regarde de haut, avec un air féroce.

Édouard

Paris est une ville mystérieuse et pleine de surprises, un lieu de hasards, de rencontres, d'inattendu. J'ai grandi près de Montluçon avant de rejoindre la capitale pour mes études et m'y suis finalement installé. Ma mère répétait : « Mon petit Édouard dans cette si grande ville, mon Dieu, quel malheur ! »

Pour mes parents, Paris a toujours été la ville du stress, de la pollution, du surmenage, des embouteillages, des loyers hors de prix. Ils ne comprenaient pas qu'à vingt-trois ans, j'avais besoin de cette énergie et que dans l'Allier, j'avais l'impression que le monde tournait sans moi.

Je suis devenu notaire grâce à mon oncle, associé dans une étude à Bastille. Paris m'adopta comme un enfant que l'on recueille. J'ai appris à la connaître, à l'aimer, à apprécier ses défauts et ses travers. Avec les années, je suis devenu un vrai Parisien. J'ai rapidement vu Montluçon de cet œil méprisant, comme une petite ville de province, morte et inintéressante. Mes parents y sont toujours restés. J'ai parfois l'impression qu'ils habitent une contrée lointaine et inaccessible, où le temps s'est arrêté. Je leur rends visite régulièrement. Ils sont vieux et me voir leur fait du bien. Je reste deux ou trois jours. J'apprécie le calme, les rues désertes, les maisons pittoresques, la campagne alentour. J'accompagne encore mon père à la pêche, dans son coin sur le Cher, toujours le même. Il s'assoit sur une chaise de camping, déplie une canne télescopique et plonge une bourriche en maille dans la rivière. Il accroche un asticot à l'hameçon et le bouchon dérive lentement avec le courant. J'ai toujours adoré ces moments partagés où l'on ne parle quasiment pas. Le silence à la pêche est sacré. On n'entend que le bruit de l'eau et du vent dans les arbres. Quand je sors un poisson, je le pose dans l'herbe pour le décrocher. Il me regarde d'un œil rond, vitreux, les écailles brillantes au soleil.

Après ces courts pèlerinages, je retrouve Paris et son agitation, ma vie de travailleur. Avec les années, je me suis sens comme une fourmi qui accomplit sa tâche au sein d'une colonie. Je n'exerce plus avec grande conviction mais avec lassitude, par obligation. Je pense que n'importe quel travail finit par lasser. Certes, je gagne très bien ma vie, l'étude m'appartient, mais je n'ai personne à qui transmettre mon patrimoine.

J'ai vécu avec une femme pendant dix-sept ans. Une personne merveilleuse, amoureuse de la vie. Elle s'appelait Agnès, avocate au barreau. Tous les deux, nous filions le grand amour, nous parlions d'avoir des enfants mais elle est tombée malade : cancer du sein foudroyant et métastases un peu partout. Quand la tumeur a été découverte, il était trop tard. Elle faisait déjà la taille d'une mandarine et rien n'aurait pu empêcher le maléfice. Agnès a été hospitalisée à l'hôpital Cochin et prise en charge par un cancérologue rigoureux et plein d'empathie. Je n'oublierai jamais ce médecin, ni sa tristesse ni la culpabilité dans ses yeux, quand il m'a annoncé que c'était fini. Agnès n'avait jamais fumé, jamais bu, toujours fait du sport et mangé sainement. Je trouve la mort injuste. Alors ma vie a basculé et tout est devenu gris. Je ne voyais plus le sens de mon existence. Je découvrais à quel point nous sommes éphémères, aussi fragiles qu'un rouge-gorge. J'enviais mes parents et leur amour d'un demi-siècle, leur routine à la campagne, au calme, loin de cette ville en constant bouillonnement.

Je suis resté seul pendant des années, hanté par le décès d'Agnès. Je n'arrivais pas à faire mon deuil. Je trouvais sa mort terriblement brutale, injuste, inacceptable. Elle est partie trop vite. À la fin, épuisée par les chimios, elle ne parlait plus. Je passais mes journées à l'hôpital, sur une chaise à côté de son lit. Je lui tenais la main. Parfois, elle ouvrait les yeux et essayait de sourire. Elle n'avait plus de cheveux, son corps cadavérique ressemblait à celui d'une vieille dame. Je détestais la voir dans cet état, elle qui était si belle, si pétillante, si énergique. Je me demandais comment la maladie pouvait transformer les gens à ce point. Je la reconnaissais à peine.

Heureusement, quelques amis m'ont aidé à tenir le coup, à ne pas sombrer, à ne pas céder à cette tentation de rejoindre Agnès. J'y ai pensé parfois. Je me sentais comme le lierre, coupé à la base, qui finit par sécher lentement. Et puis les années passant, la douleur s'est atténuée et le manque est devenu supportable. J'ai tenu bon en me réfugiant dans les livres, la musique, le théâtre, l'opéra et mon club de tarot. J'errais dans les parcs, au jardin du Luxembourg, à Montmartre ou le long du canal Saint-Martin. J'observais le monde d'un nouvel œil. Je regardais les gens, pressés, énervés, stressés. Pensent-ils seulement à ceux qui meurent dans les hôpitaux, à ceux qui luttent dans la vraie souffrance ? Songent-ils à ceux qui ne verront pas le prochain printemps, ceux en fauteuil qui ne marcheront plus sur la plage, ceux qui perdent la mémoire et avec elle, tous leurs souvenirs ? J'éprouvais une certaine rancœur. J'en voulais à la société tout entière.

Après la mort d'Agnès, j'étais en colère, dégoûté, détruit. Je ressentais aussi une profonde culpabilité. Bien sûr, je n'étais pas responsable de la maladie, mais mon impuissance face à elle me rendait fou. Je me suis retrouvé incapable de rebondir, comme si me reconstruire aurait été un affront. J'aurais eu l'impression de tromper Agnès, de la trahir, en ayant une nouvelle histoire. Et puis l'idée de coucher avec une autre femme me terrifiait. Je n'aurais pas su comment m'y prendre. Au bout de dix-sept ans avec Agnès, nous nous connaissions par cœur, nous avions nos repères, nos habitudes. Me retrouver dans le lit d'une autre m'aurait paralysé. Je n'avais plus l'envie ni la force de faire des rencontres, de tout recommencer à zéro. Pour le jeu de séduction, les rendez-vous au restaurant, les textos, je n'avais pas l'énergie. Le sexe ne me manquait pas, mon désir était mort en même temps que Agnès. Toutes les femmes m'étaient indifférentes. Je ne les voyais même pas. Je voyais ma femme partout. Mes amis s'inquiétaient de me voir dans cet état, seul et dévasté, incapable de tourner la page. Alors, sur leurs conseils, je suis allé voir un psy. On m'a recommandé quelqu'un, plutôt quelqu'une, une jeune trentenaire qui s'appelle Agathe Limon. J'ai fait la démarche pour la première fois. Avant, je n'en avais jamais ressenti le besoin. Mais mon entourage avait raison, je devais rebondir.

Agathe me recevait dans son cabinet, rue Saint-Nicolas, au deuxième étage. Elle était douce, agréable, jolie, bienveillante, professionnelle. Elle se montrait légère, pertinente et savait mettre le doigt sur des éléments essentiels. En la voyant la première fois, j'ai été sceptique. Je me demandais ce qu'une fille aussi jeune, aussi frêle d'apparence, sans expérience de la vie, allait pouvoir m'apporter. Je parlais, à moitié allongé sur un divan en cuir, en regardant un mur habillé de photos en noir et blanc. Je racontais le décès de mon épouse, trois ans plus tôt, emportée par la maladie incurable, ce goût étrange qu'avait la vie désormais. Agathe m'écoutait sans relâche, me poussait toujours plus loin, voulait sans cesse plus de détails. Elle remuait le couteau dans la plaie, cherchait à crever l'abcès qui m'empêchait de vivre.

Un jour, elle aborda le sujet de ma vie sexuelle. Il n'y avait pas grande chose à dire, je n'en avais aucune. Plus rien ne m'excitait, mon désir s'était envolé. Agathe aurait pu être ma fille, celle que je n'ai jamais eue, celle dont Agnès aurait rêvé. Et j'étais là, dans ce divan, à me confier sans limite sur ma sexualité d'autrefois. Parfois, j'aurais voulu inverser les rôles, qu'elle parle et que j'écoute. Moi aussi, je voulais connaître sa vie, d'où venait cette envie d'être psy, en apprendre davantage sur ses passions, ses habitudes, ses parents. Elle me révéla seulement qu'ils habitaient Dinard, que son père vivait pour son train électrique, que sa mère promenait une chienne adorable sur la plage. Je savais qu'Agathe voyait d'autres patients mais je décelais entre elle et moi une complicité différente. Enfin, je me plaisais à le penser. Au début, je trouvais auprès d'elle la douceur d'une fille envers son père, la bienveillance d'une amie intime, le réconfort d'une sœur aînée.

« Quel est votre type de femme, Édouard ? » Agathe savait appuyer là où j'avais mal. Elle ne me ménageait pas. Il m'est arrivé de pleurer, de craquer complètement, de laisser remonter à la surface toute cette douleur que je m'efforçais d'enfouir.

Nous avons travaillé sur mon sentiment de culpabilité. Agnès était morte d'une maladie incurable, rien n'aurait pu l'empêcher. Agathe a réussi à me faire admettre que je n'étais pas responsable. Au fil des séances, à force de travailler, j'ai commencé à regarder cette fille d'un nouvel œil. Je la trouvais séduisante, naturellement belle, intelligente. Une nuit, j'ai rêvé que nous faisions l'amour sur son divan. Pour la première fois depuis très longtemps, je rêvais d'une autre femme que d'Agnès. Je redécouvrais le désir, je me sentais libre de nouveau. Je voyais Agathe une fois par semaine, le mardi à dix-huit heures. Et de séance en séance, je suis allé de mieux en mieux.

Un jour, Agathe portait une jupe et un chemisier décolleté sur sa poitrine généreuse. Jusqu'alors, je ne l'avais vue qu'avec des cols roulés, des jeans taille basse et des baskets. Elle était allée chez le coiffeur pour se faire une coupe au carré avec une frange. Je la reconnaissais à peine. Elle m'invita à la suivre pour me confronter à ses fesses, serrées dans sa jupe moulante. Elle s'assit en face de moi. Quand elle décroisait les jambes, elle me laissait apercevoir sa culotte un court instant. Je ne comprenais pas à quoi elle jouait. Elle me faisait clairement du rentre-dedans. Je distinguais ses tétons sous le chemisier qu'elle portait sans soutien-gorge en dessous. Lorsqu'elle se penchait, ses seins tiraient sur le fragile bouton qui les retenait. Et puis vint le moment où elle me fixa droit dans les yeux pour me demander : « Quel effet je vous fais ? »

Je suis resté bête, paralysé, incapable de prononcer un mot. Depuis le début de la séance, j'avais senti monter en moi cette énergie, cette pulsion venue du fond de l'être, ce fourmillement qui vous chatouille, cette chaleur qui se propage jusqu'au bout des doigts. Je redécouvrais cette sensation étrange mais délicieuse, cette activation des hormones qui accélère les battements du cœur et vous pince entre les jambes.

Ce jour-là, je me suis senti à nouveau homme, viril et puissant. Un homme pris de désir pour une femme, une autre que Agnès. Après vingt-deux séances, Agathe m'a annoncé la fin de notre travail. J'étais guéri. J'aurais voulu la serrer dans mes bras, cette fille qui m'a sauvé. J'ai perçu l'émotion dans ses yeux mais elle est restée professionnelle et m'a tendu la main en me souhaitant bonne chance. Agathe ne gardait jamais contact avec les patients : un principe qu'elle s'imposait. J'ai tourné cette page de ma vie une fois la porte du cabinet claquée derrière moi. Je me sentais vivant, libéré d'un poids énorme, de nouveau prêt à croquer la vie. Nous étions début avril et le printemps pointait son nez.

Depuis ma thérapie, j'ai retrouvé la fougue de ma jeunesse, une envie d'amour, de désir charnel. Je me dis qu'Agnès n'aimerait pas me voir dépérir seul, mener une vie de veuf. Alors je me suis juré de retrouver quelqu'un. J'ai fait un point sur les femmes de mon entourage. Il y a bien Céline, divorcée depuis trois ans, que je vois au tarot. Une gentille fille qui m'a souvent tendu des perches.

Malheureusement, son physique ne m'attire absolument pas. Je l'ai donc rayée donc de ma liste. J'ai ensuite pensé à Estelle, une amie de longue date, un électron libre depuis toujours. Au cours de sa vie, elle a multiplié les relations, sans qu'aucune ne fonctionne vraiment. Elle finit toujours par s'ennuyer ou son conjoint la quitte, incapable de la supporter davantage. Si Estelle est physiquement irréprochable pour son âge, son caractère bien trempé s'avère difficilement vivable au quotidien. J'ignore combien d'hommes s'y sont cassé les dents. J'ai fait ainsi le tour de mes connaissances, mais aucune ne semblait convenir.

Je vais régulièrement au théâtre ou à l'opéra et il m'arrive souvent d'y croiser des solitaires. Qui d'autre va seule à l'opéra à part des veuves, des divorcées ou des éternelles célibataires ? Si durant toutes ces années, l'idée de leur parler ne m'a jamais effleuré l'esprit, j'en fais désormais une cible de choix. Pour la plupart, il s'agit de femmes élégantes, raffinées, probablement cultivées pour fréquenter ce genre d'endroits. Un soir, je prends une place pour une adaptation de *Roméo et Juliette* dont les critiques font l'éloge. J'ai pour habitude d'arriver tôt. Je savoure l'attente et les célibataires se pointent en avance. Pour sortir, j'ai choisi un manteau long, un feutre noir et des gants en cuir. Ce soir-là, j'arrive particulièrement avant l'heure. Je lis un dépliant des spectacles et une femme entre dans le hall du théâtre. Elle se plante au milieu, scrute la pièce presque vide et regarde sa montre. Elle semble avoir mon âge, à peine plus, grande et fine, des cheveux clairs, une élégance naturelle. Je repense à Agathe, à nos séances, à tout ce travail accompli, en me disant qu'il serait temps qu'il serve à quelque chose. J'attends une dizaine de minutes, puis je me lève doucement, sans précipitation, avec nonchalance pour me rapprocher. Je sens mon cœur accélérer, mes mains devenir moites, à l'approche de cet exercice pour lequel je n'ai plus aucun entraînement. Je puise en moi un courage énorme, une force que j'ignorais avoir encore. Je m'arrête près d'elle et d'une voix la plus douce possible, je me lance.

Je rencontre Héloïse pour la première fois dans ce hall de théâtre, en attendant la pièce. Elle n'est pas venue seule. Sa sœur arrive quelques instants plus tard ; une hippie portant un casque de vélo et des vêtements trop amples, qui emporte Héloïse comme un ouragan. À la fin du spectacle, je réussis à revenir la voir pour lui demander ses coordonnées. Elle semble hésiter un instant, scrutant la sortie des toilettes d'où sa sœur va surgir d'une seconde à l'autre. Elle me dicte son numéro en vitesse, secrètement. Je rentre chez moi, j'ouvre une bouteille de rouge pour me servir un verre. Je remercie Paris d'être ainsi faite, aussi imprévisible. Mon père dit souvent que la chance sourit aux audacieux. J'ai provoqué le destin, balayé en une soirée toutes ces années plates, d'une solitude absolue, de deuil douloureux. Je me sens vivant de nouveau. Je cesse d'être un fantôme invisible que l'on ne remarque pas et qui ne remarque personne, un homme insignifiant, renfermé dans sa vie étriquée, veuf et malheureux, un pauvre vieux qui rase les murs, qui baisse la tête en croisant une femme, un dépressif qui se laisse mourir à petit feu.

En une soirée, j'ai inversé le cours des choses, dérangé le tableau périodique des éléments. J'ai refusé cette glissade, lente et tragique, qui semblait inéluctable. J'ai rebondi d'une manière incroyable et je peux en être fier. Le vent a tourné, la chance m'a souri, de manière aussi magique et inattendue que les premiers pas d'un enfant. La vie se rattrape d'avoir été si cruelle avec moi, de m'avoir enlevé Agnès, de m'avoir laissé seul pendant tout ce temps.

Je revois Héloïse dans un café, quelques jours plus tard. Si Dieu existe, il doit vraiment s'en vouloir pour avoir provoqué une rencontre pareille. Il y a entre Héloïse et moi une complicité immédiate, une sorte d'évidence, comme deux pièces d'un puzzle immense qui s'emboîtent à la perfection. Nous déballons notre vie cassée, morceau par morceau, y trouvant quelques similitudes. Héloïse me raconte sa carrière de radiologue, sa retraite à Dinard, son mariage platonique, sa relation avec son fils Hugo, avec sa sœur Adèle. Nous sommes la preuve qu'il n'existe rien d'irrémédiable, que le destin nous joue des tours, que tout peut basculer d'un jour à l'autre. Son mari Albert a sombré à la retraite dans une folie étrange, multipliant les comportements nouveaux et inquiétants. Héloïse m'avoue sa sexualité ridicule et nous en rions. Pour notre troisième rendez-vous, je l'invite dans mon appartement qui n'a pas reçu de présence féminine depuis Agnès, un moment spécial pour moi. Héloïse se montre bienveillante, compréhensive et extrêmement délicate. Je commande des sushis, le vin va avec. Pour le reste, nous laissons faire les choses. La soirée se déroule sans fausse note, comme une mélodie enfantine, simple et entraînante. Je propose à Héloïse de rester dormir. Elle accepte. Au cours de la soirée, nous rajeunissons de vingt ans. Le vin nous monte à la tête, les sushis n'estompent rien. Dans la chambre, elle m'embrasse, me chevauche et je me laisse faire. Je lutte pour chasser Agnès de mon esprit. Je n'ai pas eu de rapport depuis tellement longtemps. Héloïse se déshabille dans la lumière tamisée de la lampe de chevet. Je la regarde toucher ses seins en faisant danser son ombre sur le mur. Je redécouvre le corps féminin dans son intégralité. Je me sens brûlant. Dehors, il fait nuit, la rue est calme, la musique résonne dans le salon. Héloïse enlève mes vêtements, fait glisser mon jean, caresse la bosse sous mon caleçon et m'embrasse dans le cou. Je m'abandonne à elle, je lâche prise. Nous faisons l'amour comme des adolescents qui se découvrent, lentement, sensuellement, quasi amoureusement. Il passe entre nous un fluide sensoriel, un magnétisme puissant, celui de deux corps unis pour la première fois dans un moment si fort. Avec des gestes maladroits, je réapprends comment faire. Nous restons blottis l'un contre l'autre, nus et enlacés dans cette chambre où tout me rappelle ma femme. Mais à ce moment-là, je n'y pense plus. Peut-être qu'Héloïse songe à son mari, seul dans sa grande maison en Bretagne, ou à sa sœur Adèle, qui, sans doute, s'inquiète de ne pas la voir rentrer. Mais elle me serre plus fort contre elle.

Après quelque mois de relation, Héloïse a quitté l'appartement de sa sœur pour emménager chez moi. Chaque matin désormais, en me réveillant dans ses bras, j'ai une pensée pour Agathe. Je lui serai éternellement reconnaissant.

Charles

En ouvrant les volets et en voyant ce fichu brouillard, je regrette parfois Marseille. Je me souviens de sa corniche Kennedy qu'on longeait en scooter, du Vieux-Port encore désert au petit matin, des ruelles du Panier qui nous hissaient hors du temps. En France, il n'existe rien de comparable à cette ville, à ses habitants, à son ambiance, à ses paysages. Quand je suis venu la première fois, j'ai su que je m'y installerai. Alors avec Anna, nous avons racheté un vieux bâtiment rue Montgrand pour en faire un hôtel : un immeuble ancien avec un jardin intérieur et de hauts plafonds. À l'époque, le bâtiment ne valait rien, il fallait tout restaurer. Mais nous étions sûrs de notre coup. Il fallut un an de travaux pour tout refaire du sol au plafond : la plomberie, l'éclairage, la déco, en passant par le jardin, les fenêtres et les parquets. En voyant le chantier, je me demandais parfois dans quoi nous nous étions embarqués. Une fois terminé, l'hôtel était grandiose : quinze chambres, un grand hall à verrière, un patio verdoyant, un bar, des salons…

Anna connaissait le marketing et savait comment faire notre pub. Nous étions idéalement placés, entre la Préfecture et le Vieux-Port, perpendiculaires aux rues Paradis et Saint-Ferréol. L'hôtel tourna chaque année pendant trente ans. Nous partions rarement en vacances, mais à Marseille, nous avions le sentiment d'y être en permanence. La ville se transformait et attirait de plus en plus. Le nombre de touristes augmentait chaque saison. L'hôtel affichait complet et accueillait des visiteurs venus du monde entier. En vieillissant, Anna et moi avons fini par nous lasser. Je crois que la pluie nous manquait : cette atmosphère si particulière qu'elle dégage, l'odeur de gazon mouillé fraîchement tondu, cette bonne raison qu'elle donne de rester couché. Et puis on souffrait de la chaleur en été, du soleil qui tapait sur le béton brûlant, du bruit des marteaux-piqueurs à chaque coin de rue. Cette énergie, cette ferveur, cette façon de parler fort ont fini par nous gonfler.

J'ai hérité d'une maison de famille à Dinard, que mon grand-père avait achetée à l'époque où l'immobilier ne valait rien. Nous y passions quelques jours avec les enfants quand nous pouvions nous libérer. La Bretagne nous faisait du bien. Tellement de bien qu'à la mort de ma mère, nous sommes partis y habiter. L'hôtel valait une fortune, nous étions riches, de quoi profiter d'une retraite bien méritée. Nous avons quitté Marseille, les valises pleines de souvenirs et de nostalgie. Nous laissions la Méditerranée pour la Manche. Le jour où nous sommes partis en laissant la Bonne Mère dans le rétroviseur, il pleuvait sur la ville. Il flottait cette odeur de pluie qui nous manquait tant, comme si Marseille voulait nous retenir.

Avec Anna, nous formions un couple comme il en existe des milliers : un amour de jeunesse, une union qui file, une relation qui tient, une affaire qui dure malgré les doutes. Nous avions tout plaqué, nos vies, nos jobs, nos familles, pour nous installer à Marseille et ouvrir cet hôtel. Nous étions liés, non plus seulement par un simple mariage, mais par un business à développer, un pari dans lequel nous avions tout misé. Alors si l'ambiance n'était pas toujours comme au premier jour, nous prenions sur nous. Quand nous sommes partis à Dinard, nous étions nostalgiques mais extrêmement soulagés, fiers de ce que nous avions accompli, heureux d'en terminer, comme à la fin d'un marathon. L'hôtel pompait notre énergie et nous accordait peu de répit. Anna et moi, nous étions devenus ces gens qui vivent et travaillent ensemble. On se voyait jour et nuit mais on ne se regardait plus. Nous étions lancés à fond dans la même voiture et nous fixions la route, seulement la route, sans connaître la destination.

En venant à Dinard, nous pensions nous retrouver, nous ressouder, profiter de la retraite pour partager du bon temps, loin du stress et des problèmes. Mais les choses ne sont pas allées en s'arrangeant. Au contraire, elles se sont bien dégradées. Nous habitons la même maison, comme deux colocataires qui s'apprécient mais qui ne partagent rien. Chacun fait sa vie de son côté.

Nos deux enfants sont partis depuis longtemps. Ils travaillent à Paris, volent de leurs propres ailes. Alexandre est devenu vendeur de rasoirs dans la grande distribution et Agathe, psychologue à son compte. Ils viennent profiter de la maison le week-end et surtout nous distraire. Chaque jour, le temps semble passer plus lentement que la veille.

Au début, je redécouvrais le plaisir des grasses matinées, les bains de soleil sur la terrasse. J'appréciais le calme de la retraite, l'absence d'obligations, d'horaires, de contraintes. Et puis rapidement, j'ai eu l'impression de tourner en rond, comme un poisson dans un bocal. Quand on passe sa vie à travailler sans compter ses heures, la retraite peut foutre un sacré coup. Je me suis mis à angoisser. Paradoxalement, je me suis senti oppressé par tout ce vide.

Anna a adopté un chien, une femelle Golden Retriever adorable et infatigable. Elles sont devenues inséparables et complices. Dina court après les papillons, creuse des trous dans le jardin pour chasser les taupes et réclame sa balade sur la plage chaque après-midi. Anna me fait peur en lui parlant sans cesse comme à une vraie personne. Je la trouve ridicule. Elle donne tout son amour à cette bête, mais en réalité, leur complicité m'indiffère. Elles se promènent sur la plage, chaque jour et par tous les temps. C'est leur rituel, leur moment à toutes les deux. Elles marchent dans le sable humide, au bord de l'eau, en évitant les vagues. S'il pleut, Anna enfile un ciré et une paire de bottes. Rien ne l'arrête. Nettoyer la Mercedes occupe le reste de son après-midi.

Quant à moi, il m'a fallu vite me trouver une échappatoire, un moyen d'occuper le temps, de combler ce vide : un truc nouveau, bien canalisant, pas trop physique, si possible à l'intérieur, vu la météo dans la région. Il me fallait une activité lente, sur du long terme, quelque chose dans laquelle on se lance, corps et âme. J'ai d'abord pensé aux puzzles. J'en ai trouvé des immenses de dix mille pièces, qui occupent pendant trois mois. Je me voyais déjà les afficher au mur comme des trophées, une fois terminés. Mais me connaissant, je me serais très vite énervé de ne pas avancer et j'aurais tout balancé par la fenêtre. Un jour, je suis tombé par hasard sur un article au sujet du plus grand train électrique du monde. Un Américain, au fin fond du New Jersey, a construit pendant seize ans un chemin de fer miniature de douze kilomètres : cinquante mille arbres, trois mille baraques, quatre cents ponts, des villages, des vaches, des bagnoles et bien sûr des trains, un vrai petit monde, recopié à l'identique. Au début, je pensais que seul un taré d'Amerloque pouvait accomplir un truc pareil, un type qui n'a jamais grandi, qui n'a sûrement pas de femme ni de gamin et sans doute très peu d'amis. En réalité, le mec est devenu millionnaire en créant un logiciel racheté une fortune. Il ne savait pas quoi faire de son fric, alors il a réalisé son rêve de gosse. Il vivait heureux avec sa compagne et ses trois enfants. Il parlait de son exploit, des étoiles brillaient dans ses yeux. Certes, il avait l'air un peu fêlé, mais il semblait bien loin des problèmes. Il s'enfermait dans son petit paradis construit de ses mains. En voyant ce type et sa passion, j'ai décidé de m'y intéresser. Je me suis renseigné sur l'univers du modélisme et plus je le découvrais, plus je le trouvais fascinant. J'ai acheté des bouquins, des revues, regardé des émissions et je me suis lancé. J'ai commandé mes premiers wagons, mes premiers rails, mes premiers aiguillages. Je me suis installé dans une chambre à l'étage, qui ne servait à rien et qui attendait d'être remplie. Cette chambre vide est devenue ma grotte, ma caverne, mon espace privé où personne n'a le droit d'entrer sans mon accord. J'ai commencé mon train à mon rythme, sans vraiment savoir dans quoi je me lançais, ni pour combien de temps. Anna trouvait cette activité positive, bienfaisante. Elle se réjouissait de me voir travailler aussi calmement avec autant de patience et de précision. Je bricolais en écoutant Renaud sur le tourne-disque, avec une bouteille de menthe à l'eau posée par terre. J'ai terminé ma première boucle en deux semaines. Elle tournait impeccablement. Je me tenais debout à l'entrée de la chambre, appuyé contre la porte. Je regardais mon train tourner à même le sol, au milieu de cette grande pièce vide. À cet instant précis, j'ai eu comme une révélation. J'ai presque entendu une voix me dire de construire ce train. Alors j'ai décidé de remplir cette chambre, d'y bâtir mon univers, d'y passer le temps qu'il faudrait. Depuis, jour après jour, je construis sans relâche, avec obsession, comme s'il y avait quelque chose à gagner. Le train est entré dans ma vie comme dans un tunnel et tout s'est arrêté autour de moi. Le monde a cessé de tourner.

Complètement absorbé, je me suis coupé de l'extérieur. Désormais, plus rien ne compte à part la construction de cette maquette. J'ignore comment une simple activité peut vous engloutir si rapidement, comment la passion devient à tel point débordante. Plus j'occupe l'espace de cette chambre, plus je m'y sens bien, en sécurité, loin des mauvaises ondes de l'extérieur. Je pourrais y mettre mon lit et y dormir, bercé par le bruit des wagons et des passages à niveau.

Si, au début, Anna semblait heureuse de me voir captivé à ce point par ma nouvelle passion, elle a vite déchanté. D'abord, je dois avouer que le train n'est pas donné. En modélisme, le moindre accessoire coûte les yeux de la tête. Pour certaines locomotives, il faut débourser près de huit cents euros, alors pour remplir ma chambre de treize mètres carrés, mieux vaut ne pas trop compter. Pour Anna, je dilapide notre argent qui pourrait servir à voyager. Je ne l'empêche pas de le faire, mais elle reste là, à croire que je la retiens prisonnière.

Anna s'est mise à me trouver de plus en plus inquiétant. Maintenant, elle me regarde comme si j'étais foutraque et complètement déconnecté du monde réel. Je suis conscient des conséquences irréversibles de cette implication. Je vois bien que notre relation vole en éclats. Nos disputes reviennent fréquemment. Elle me reproche de ne plus la voir, de ne plus la toucher, de faire comme si elle n'existait pas, de ne vivre que pour ce foutu train électrique. Elle tire souvent la sonnette d'alarme en disant que la situation doit changer, si nous voulons encore cohabiter. Mais pendant qu'elle me parle, je pense aux palettes de bois à récupérer chez le voisin pour fabriquer une montagne. Mon petit monde commence à avoir de la gueule mais il manque de relief.

Je comprends la colère d'Anna, son désarroi, je lis la détresse au fond de ses yeux. Je ne trouve pas les mots, pas d'excuse. J'ai moi-même du mal à comprendre ce qu'il m'arrive. Je me sens comme un toxico qui constate jour après jour les effets néfastes de la drogue, mais qui ne peut pas s'en passer. L'attraction de cette passion est trop forte, je suis incapable de m'en défaire. Le bonheur que me procure ce train est dévastateur.

Quand je ne bricole pas, j'enchaîne des vidéos sur la tablette ou lis *Loco-Revue*, ma nouvelle bible. J'écoute des passionnés comme moi, des mecs que la folie du train électrique a emportés un jour. Nous sommes juste de grands enfants, préférant notre monde sur mesure à celui que l'on nous propose, avec ses problèmes humanitaires, écologiques et sanitaires, ses transformations technologiques, spatiales et militaires. Ce monde qui devient fou, à vouloir aller toujours plus haut, toujours plus loin, toujours plus vite et plus profond. Ce monde avec ses guerres et ses combats, ses différences de classes, ses forêts dévastées et son accumulation de plastique. Ce monde avec ses luttes, ses revendications et ses millions de causes à défendre. Ce monde qui part en vrille avec ses terroristes, ses pandémies, ses ouragans et toutes ses catastrophes qui finiront par avoir notre peau. Et puis ce monde qui fait semblant, rempli de moutons et d'hypocrites, à qui Internet a donné le moyen de se faire entendre et de l'ouvrir un peu trop. Alors je préfère boycotter le système. En réalité, je fais l'autruche, sûrement par lâcheté. Comme disait Chirac, notre maison brûle et nous regardons ailleurs. Je construis mon train miniature, enfermé dans ma chambre à l'étage. Je n'écoute même plus les infos. Tout ce qui se passe dehors ne m'intéresse plus. Je refuse radicalement le progrès. Le monde peut bien s'autodétruire et la société imploser, la seule chose qui compte est la construction de ce train. Le bateau coule, et moi, comme les musiciens du *Titanic*, je continue à jouer.

Parfois, le soir, Anna se blottit contre moi. Elle pose sa tête sur ma poitrine. Je ne ressens rien, je ne suis pas vraiment là. Le train occupe mes pensées en permanence. Je suis devenu fou mais je n'ai rien fait pour l'empêcher. Au contraire, j'ai plongé volontairement.

Anna me fait de la peine. Elle ne trouve aucune passion, aucune activité à laquelle se raccrocher. Rien qui ne l'intéresse véritablement, rien qui lui permettrait, elle aussi, de s'évader un peu. Je crois qu'au fond, derrière tous ses reproches, elle est jalouse; jalouse de voir qu'un simple train électrique peut me transporter aussi loin et que, grâce à lui, je redeviens insouciant. J'ai trouvé mon exutoire, ma façon de m'occuper l'esprit, de ne plus penser à toute cette misère que les infos nous rabâchent. Anna s'arrête parfois devant la chambre et jette un œil à l'intérieur. Elle me voit assis par terre, accroupi ou perché sur un escabeau, en train d'améliorer mon paysage. J'ignore l'heure, le jour et même le temps qu'il fait dehors. Je ne la remarque pas, hypnotisé par ce paradis et ces wagons qui tournent continuellement. Elle aussi voudrait tout oublier, s'abandonner à quelque chose et ne plus penser à rien. Elle sort Dina et c'est bien sa seule occupation. Parfois, elle a envie de faire l'amour, sans raison particulière, « comme font les couples normaux », me dit-elle. Alors de temps en temps, je prends sur moi. Je me concentre de toutes mes forces et nous le faisons. Je m'agite frénétiquement, au-dessus ou derrière elle. Même à cet instant, je pense à mon train. Anna ne jouit pas. Le rapport se termine prématurément par une éjaculation qui ne me procure pas grand-chose. Il n'y a plus rien de magique. Nous sommes comme deux phacochères en période de reproduction. Je suis lassé du sexe depuis longtemps. Il ne m'apporte plus rien. Je le trouve bien trop physique pour aussi peu de plaisir. À l'époque, j'aimais nos parties de jambes en l'air, quand on s'emboîtait comme deux rails sur la machine à laver. Puis les années passant, avec l'hôtel, cette routine implacable et enfin Dinard et son atmosphère pesante, ma libido est retombée comme de la mayonnaise.

Il n'y a en effet, dans notre couple, plus grand-chose de normal. Je me demande si la situation serait bien différente sans cette passion. Je ne vois pas ce que je partagerais de plus avec ma femme, sans ce train pour m'occuper. Je me trouverais simplement autre chose. Je collectionnerais les timbres ou fabriquerais des maquettes en cure-dents. Je deviendrais éleveur de phasmes ou aquariophile. Je passerais la journée à m'occuper des poissons, faute de pouvoir en être un, pour perdre la mémoire et avoir la chance de ne jamais m'ennuyer.

Une nuit, je fais un cauchemar affreux. Je rêve qu'Anna met le feu à ma construction. Elle arrose mon univers miniature avec de l'essence, avant de craquer une allumette pour l'enflammer. Mon train part en fumée et Anna rit aux éclats, de ce rire démoniaque qu'ont les méchants dans les films. Moi je regarde, impuissant et en pleurs mon travail se réduire en cendres. Je me réveille en sucur pour me précipiter dans la pièce et vérifier que mon train ne brûle pas. Je crois que si Anna osait faire une chose pareille, je la tuerais de mes mains.

Quand nos enfants viennent nous voir, je leur montre l'avancée de ma maquette, les derniers rajouts, les modifications apportées. Ils ouvrent de grands yeux émerveillés devant tout ce travail et la magie de ce paysage miniature. Surtout Agathe. Alexandre, lui, n'y prête pas vraiment d'intérêt. Ma femme espère sans doute qu'ils me raisonnent, qu'ils me fassent réagir. Ils voient leur mère malheureuse, impuissante, incapable de me raisonner. Mais ils trouvent mon train magnifique et m'encouragent à poursuivre, ce qui met Anna hors d'elle.

Quand je bricole mon train, il m'arrive de faire une pause, le temps de boire un café. Je m'assois sur un tabouret, la tasse fumante à la main. Je regarde la pluie tomber par la fenêtre mais dans mon univers, il fait toujours beau. Les rivières coulent sans déborder, la neige recouvre les sommets, les trains sont à l'heure.

Au lendemain d'une promenade, Anna s'est réveillée malade, clouée au lit avec de la fièvre et des maux de gorge. Il brille un soleil magnifique, sûrement la journée la plus douce du mois de mars. Vers quatorze heures, Dina s'agite dans l'entrée et réclame sa sortie quotidienne. Je me dis que prendre l'air me ferait du bien pour une fois. Je prends la laisse dans le tiroir et je monte prévenir Anna que je sors la chienne. Elle me regarde comme un tétraplégique qui remarche. Comme si soudain, le maléfice du train venait de se rompre, que j'étais libéré de son emprise. Je ne sors pas souvent, c'est vrai, et Anna voit là un vrai miracle.

Je marche dans le sable, la mer est calme et d'un bleu étonnamment clair. En semaine, seulement quelques vieux viennent prendre le soleil, assis sur un banc. Je croise un homme qui promène son chien, un berger australien surexcité qui ramène sans cesse une branche. Son maître avance lentement en fumant une cigarette. Je m'interroge alors sur sa vie. Il est là sur cette plage, mais son esprit semble complètement ailleurs. Je le vois s'arrêter, sortir une flasque de sa poche et boire une longue gorgée. Nous avons tous nos problèmes, nos chagrins, nos névroses, des vécus différents mais finalement tellement similaires. En regardant cet homme, je pense à tous ces gens pour qui le train de la vie a déraillé, à ces couples que la maladie détruit, que la mort sépare, au désespoir et à la solitude de celui qui reste. Je pense à ces amours qui s'étirent, qui s'effilent, qui s'amenuisent jusqu'à disparaître, où chacun descend du wagon pour prendre une correspondance différente. Je pense à ces jeunes mariés qui se trompent et qui se mentent, qui brûlent la chandelle par les deux bouts. Je pense à ces maris et femmes que tout oppose et que plus rien ne rapproche, à part des gosses, un toit et une fiche d'imposition. Finalement, nous formons tous un immense réseau ferroviaire avec ses lignes reliées entre elles, ses tunnels, ses ponts, ses passages à niveau, ses trains qui se croisent, se suivent, s'attachent et se séparent. Je ne connais rien de cet homme mais j'éprouve une forme de compassion pour lui. Nous sommes tous les deux, sur cette plage déserte, à promener notre chien sur le sable, deux mecs dont le mariage a foiré sans raison particulière, sans vraiment pouvoir l'expliquer. Je voudrais m'arrêter pour discuter, pour boire un coup avec lui, pour qu'il me livre son fardeau. Mais nous passons notre chemin et continuons notre balade.

Le soir, Anna me demande quel effet ça fait de prendre l'air. Je lui parle de l'homme au chien. Elle veut savoir si nous avons échangé et s'intéresse à lui comme si elle le connaissait, comme s'il était quelqu'un d'important.

Victoire

Je viens d'une famille où l'échec n'est pas toléré. Chez moi, la réussite se transmet de génération en génération depuis des siècles. J'ai grandi avec une énorme pression familiale, à laquelle j'ai dû faire face à chaque étape de ma vie. J'ai d'abord étudié dans un lycée privé où l'obtention du bac allait de soi et la mention d'excellence n'était pas une option. La pression concernait tous les domaines : les études, le permis de conduire, les concours d'équitation, le choix de mes amies, les mecs que je fréquentais. J'ai tout fait pour grandir sans fausse note. On m'enseigna très jeune les codes de l'élite, je devais apprendre à me comporter comme telle. Ma mère ne travaillait pas et passait des heures à parfaire notre éducation : des exercices scolaires, des répétitions de piano, des enrichissements culturels et une stimulation intellectuelle permanente.

Avec mes frères, nous avions toutes les cartes en main pour devenir brillants.

Mes parents étaient autoritaires et peu à l'écoute. Ils reproduisaient la même enfance qu'ils avaient eue, avec beaucoup de non-dits et un manque cruel de tendresse. Malgré sa rigidité, cette éducation m'apprit une valeur absolument essentielle : le travail. Rien n'est ni trop dur, ni trop long, ni insurmontable, nous réussissons toujours à force de travail. La pression sur mes épaules s'avère d'autant plus importante que je suis la cadette d'une fratrie de quatre enfants. Et bien sûr, mes aînés ont tous brillamment réussi avant moi. Je marche dans leurs traces, en travaillant malgré les sacrifices, car la barre est très haute.

J'ai étudié à Henri IV avant d'obtenir l'ESCP, dernière marche du podium des écoles de commerce parisiennes. Il ne m'en fallait pas moins pour éviter les pires représailles et une année de prépa supplémentaire. En entrant à l'ESCP, j'eus la chance de pouvoir rester intramuros, dans un appartement que mes parents avaient acheté en prévision de nos études. Après y avoir habité, mes deux frères sont partis à Cergy et ma sœur a partagé une coloc' à Jouy-en-Josas. Mes parents m'ont félicitée et je savourais ma victoire, enfin à la hauteur de mon prénom. Je ne décevais pas et faisais honneur à ma lignée d'aristocrates. En effet, mes ancêtres étaient nobles, du côté paternel comme maternel. Notre nom compte parmi les cinquante ayant construit le Luxembourg. J'ai obtenu mon diplôme après quatre années supplémentaires d'études et pas mal de débauche. Je n'ai eu aucun mal à me faire une place dans ce monde. Si je ne dois qu'à moi les résultats du concours, je reconnais avoir eu moins de mérite par la suite. J'ai commencé ma carrière par un stage chez Nocibé, grâce au mari d'une cousine. Évidemment, je ne mettais pas les parfums en rayon dans une boutique de banlieue. Je travaillais au siège social, proche de Lille, où j'étais rattachée à la direction marketing. À la fin des six mois, j'ai quitté le Nord pour intégrer le siège de Sephora France, à Neuilly. Sephora appartient au leader mondial du luxe LVMH, compte près de 2300 boutiques à travers une trentaine de pays et réalise un chiffre d'affaires annuel d'un milliard six cents millions d'euros. J'obtenais alors un poste dans l'antichambre de l'élite, la vraie, celle qui fait tourner le monde, ou du moins le maquille. Depuis l'adolescence, j'ai toujours eu une grande soif de pouvoir et en arrivant chez Sephora, je comptais bien gravir les échelons de la hiérarchie le plus haut possible. J'ai commencé malgré tout en tant qu'assistante (je détestais cette appellation) et en repensant à ma scolarité exemplaire, je me disais : « tout ça pour ça ». Mais il fallait au moins ce CV pour se trouver à ma place, à côtoyer le gratin de l'entreprise, le haut du panier garni. Avec mon âge, mon parcours et mon ambition, je me considérais comme la crème de la crème.

Je n'ai pas mis pas longtemps à prendre du galon dans l'entreprise. J'ai toujours été une femme forte et déterminée, habituée à obtenir ce que je veux. En arrivant, j'étais la plus jeune de l'équipe mais sûrement la plus ambitieuse. La manager senior me remarqua la première semaine quand je lui rendis dès le lendemain un travail donné pour la semaine suivante. Je bosse vite, bien et surtout plus que les autres. Dans cette entreprise où le *turnover* frappe régulièrement, il faut beaucoup travailler pour garder sa place et encore davantage pour espérer remplacer son boss.

Aujourd'hui, je m'accorde plus de liberté mais au début, il me restait peu de temps pour moi. Je revoyais parfois des amis de l'ESCP, également en poste à Paris et je courais sur les quais. Hormis ces pauses, je passais mon temps à bosser. Je me rendais régulièrement à la BU[3] pour avancer sur un projet. Dans cette bibliothèque pleine de préparationnaires stressés, je me sentais encore étudiante. J'y allais les week-ends de pluie, quand mon appartement devenait trop étroit, quand j'avais l'impression que ses murs se resserraient sur moi et finiraient par m'écraser. C'est dans cette bibliothèque que j'ai rencontré Hugo la première fois. Hugo… Parfois, je me demande vraiment ce qu'il m'a pris… À l'époque, il passait le concours de Sciences Po qu'il avait déjà raté deux fois. Il se mettait toujours à la

3. Bibliothèque universitaire

même place, au bout de la grande table où je m'asseyais. Il souffrait d'un sérieux manque de concentration. Il passait son temps à rêvasser, à jouer avec son téléphone, ou bien à me regarder, dans l'espoir de croiser mon regard. On aurait dit un petit enfant. Il gesticulait, s'amusait avec son stylo et se levait toutes les cinq minutes. Il ne tenait pas en place. Au début, je le trouvais insupportable. Je l'intimidais, toujours sérieuse et plongée dans mes livres avec mon air féroce. Quand je daignais enfin le regarder, je me montrais si dure qu'il ne savait plus où se mettre. Mais Hugo est beau garçon, je lui trouvais quelque chose de touchant, de différent, une sorte d'insouciance enfantine, d'innocence, au milieu de tous ces travailleurs acharnés, prêts à croquer le monde à pleines dents, à s'entre-tuer. Hugo ressemblait à un mulot dans une cage aux lions, un poisson-clown dans un milieu de requins. Il est clair qu'il n'avait rien à faire là. Et puis un jour, prise d'une pulsion inconsciente et totalement incontrôlée, je suis allée lui parler. Je me suis dirigée vers lui, poussée par une force mystérieuse. Il essayait de terminer un Rubik's Cube devant son ordinateur ouvert sur un sujet philosophique. « *La nature montre-t-elle le chemin* ? »

Il sembla heureux et terrorisé de me voir d'aussi près en train de lui parler.

« Intéressant. Tu t'en sors ?

— Euh, oui, ça va…
— Tu es sûr ?
— En fait, pas vraiment…
— Tu devrais lire Rousseau, le *Discours sur l'origine de l'inégalité*. Tu trouveras des réponses. Sinon, tu as aussi Aristote et Schopenhauer qui ont écrit sur le sujet. »

Il me regarda avec de grands yeux hébétés comme si j'étais le fruit d'une hallucination.
« Ça ne va pas ?
— Si, si, ça va très bien. Merci… pour les conseils.
— Tu prépares quoi ?
— Sciences Po… », il répondit sur un ton désespéré.

Je l'ai trouvé drôle et touchant. Je ne m'étais jamais vraiment intéressée aux garçons. Sérieusement, je veux dire. Je m'amusais avec eux, je les trouvais idiots et influençables. Quand on a la chance d'être une jolie fille avec du caractère, on les mène souvent par le bout du nez. J'ai parlé à Hugo la première fois par curiosité, pour savoir ce qu'il cachait derrière ses airs d'enfant dissipé. Je ne connaissais encore rien de l'amour. Je n'avais jamais eu le temps d'y penser. À l'ESCP, mes parents m'avaient encouragée à dégoter un bon parti, c'est sûr qu'il n'en manquait pas. Mais vu la débauche générale lors des soirées, le contexte n'était vraiment pas propice à une relation sérieuse.

« Tu as un plan ? Des parties, des sous-parties ? » j'ai demandé à Hugo en tirant la chaise à côté de lui pour m'asseoir.

Il était grand, plutôt bâti, brun aux yeux bleus avec les cheveux mi-longs bouclés. Ce garçon avait une douceur dans le regard et dégageait, malgré sa beauté, un manque de confiance en lui évident. Il changeait des prétentieux qui en racontent des caisses pour nous impressionner, nous les nanas. Comme s'ils devaient absolument vanter leurs mérites, leurs talents, leur maison de vacances au Cap-Ferret et leurs voyages au bout du monde. À la manière d'un oiseau des îles réalisant une parade nuptiale, ils sortent leur baratin en croyant nous séduire. Si la technique fonctionne sûrement à merveille avec des filles faciles, pour ma part, je la trouve ridicule. Je suis consciente d'être jolie, intelligente, cultivée, ambitieuse et avec moi, les mecs se sentent obligés d'en faire encore plus. Hugo fuyait mon regard, parlait d'un ton mal assuré et ne me vanta aucun exploit. Il n'avait rien à voir avec tous les types que je fréquentais. Il s'est montré timide, maladroit et réservé. Il n'a pas essayé de dominer l'échange, ni d'avoir les cartes en main, ni de cacher ses sentiments. Il me fuyait comme la lumière du soleil, trop brillante pour la regarder en face, peut-être trop belle pour lui. Il semblait tellement impressionné qu'il m'aurait mangé dans la main. J'aurais pu m'amuser avec lui, comme avec les autres. Mais il m'a touchée, avec ce petit quelque chose dont il n'avait même pas conscience, ce charme naturel qui le rendait si différent.

Alors on s'est revus et, pour la première fois de ma vie, je me suis attachée à un garçon. Nous avons bu un verre et j'ai fait sa connaissance. J'ai d'abord été soulagée de voir qu'il venait d'un milieu pas si éloigné du mien, catho et culturel, avec deux parents médecins. Hugo était si humble que je n'ai rien dévoilé sur ma famille, sur les écoles prestigieuses de mes aînés, sur le château de mes parents, sur nos résidences secondaires… Je trouvais ça tellement simple et léger, cette façon de pouvoir être soi-même sans devoir en faire des tonnes. J'ai découvert un mec sensible et attachant qui semblait avancer dans la vie comme un papillon dans la jungle. Hugo parlait très peu de lui. Il me posait des questions sans arrêt, s'intéressait à moi et voulait toujours plus de détails. Comme si ma vie le passionnait profondément. Il me faisait penser au livre de Dale Carnegie, *Comment se faire des amis ?* : un best-seller mondial enseigné dans les plus grandes universités. Ce bouquin nous rappelle simplement à quel point les gens ne s'intéressent qu'à eux. Ils adorent parler de leur vie, de leur job, de leurs enfants, de leurs vacances, de leur passion… Carnegie prend l'exemple d'un commercial en visite chez un prospect. Il découvre en entrant dans le bureau que le client est passionné de philatélie et va s'y intéresser à fond.

Le vendeur l'écoute activement, le relance sans cesse, ne le quitte pas des yeux et reste pendu à ses lèvres. Et le client, prolixe sur le sujet, parle de timbres pendant une heure, ravi d'avoir en face de lui un interlocuteur aussi captivé. Le vendeur n'a pas le temps de vanter son produit mais à la fin du rendez-vous, l'acheteur lui passe une énorme commande. Pour plaire aux autres, à son patron, à un client, à une nana, à des inconnus en soirée, il suffit de les faire parler d'eux, de s'y intéresser sincèrement. Les gens s'en fichent de votre voyage en Thaïlande, du jacuzzi que vous installez, de votre Mercedes flambant neuve, du dernier bulletin excellent de votre gamin. Ils s'en fichent aussi que vous sortiez d'une école prestigieuse, que vous mettiez trois heures au marathon, que vous soyez fils de je-ne-sais-qui, ou que votre femme soit Miss Aquitaine. Et puis, il n'y a rien de plus énervant que de voir un mec étaler sa culture, comme s'il devait absolument prouver qu'il en a plus que vous. Pareil pour ceux qui veulent toujours avoir raison. Celui qui l'a compris obtiendra ce qu'il veut dans la vie.

À la fin de notre premier rendez-vous, je ne savais presque rien d'Hugo. Je culpabilisais même d'avoir autant parlé. Il m'avait écouté avec tellement de sincérité et d'intérêt, les yeux brillants d'une passion sincère, que j'étais séduite.

Au début, notre relation n'était pas officielle. Nous laissions faire le temps, il déciderait à notre place. Nous savourions chaque instant, comme s'il fallait manger la vie avant qu'elle ne fonde sur nos doigts. Hugo habitait encore avec ses parents, alors il venait chez moi. Personne n'était au courant ni sa famille ni la mienne. Dans ma chambre mansardée, on s'abandonnait l'un à l'autre sur mon sommier grinçant. Puis on se blottissait dans ce cocon sous les toits, on regardait Paris par la lucarne. Dans ces instants, nous étions deux êtres unis et figés, ne faisant plus qu'un, au milieu d'une capitale bouillonnante. On mettait nos vies sur pause, en marge d'un monde en perpétuel mouvement. Mais nous étions rapidement rattrapés par la réalité. Le concours d'Hugo avait lieu dans quatre mois, il n'avait plus droit à l'erreur. Alors je le mis au travail en devenant sa coach personnelle. Je le faisais bûcher pendant des heures, l'obligeant à se concentrer, lui confisquant toute distraction. Petit à petit, je tombais amoureuse de ce garçon désespéré. Je suis une battante, une guerrière qui ne lâche rien. Hugo est sensible, peu sûr de lui et semble marcher dans la vie en portant un sac trop lourd. Comme quoi, les opposés s'attirent. Pour entrer dans ma famille qui ne tolère pas l'échec, il devait réussir le concours à tout prix. S'il ratait une troisième fois, notre histoire se terminerait, aussi idiot que cela puisse paraître… Et il a progressé de jour en jour, en travaillant avec rigueur et implication. Au concours blanc, il a même obtenu des notes encourageantes et a décidé par la suite de me présenter à ses parents. Alors un dimanche, nous sommes allés chez eux pour déjeuner, lorsqu'ils habitaient encore Paris.

« Enchantée, Victoire ! Hugo nous a tellement parlé de toi ! » me dit sa mère en arrivant.

— Il paraît que tu as fait Henri IV ? me demanda son père pendant le repas. Quel courage ! Je pense qu'Hugo n'aurait pas tenu une semaine là-bas !

— Papa ! Commence pas ! »

Ils me posèrent un tas de questions sur mes parents, mes frères et sœurs, ce qu'ils faisaient dans la vie. Albert, qui aime l'histoire, m'interrogea sur celle de mes ancêtres et l'origine de notre fortune. Il me regardait comme un ange envoyé du ciel pour sauver son fils.

Ce jour-là, je suis entrée dans la famille d'Hugo et notre relation est devenue officielle. Rencontrer ma belle-famille marquait pour moi le début d'un véritable engagement. Nous formions un couple et ce mot m'effrayait. Je découvrais pour la première fois le fait d'être unie à quelqu'un par ce lien invisible, ce manque que procure son absence, ces papillons dans le ventre quand il me regarde comme un diamant brut, cet apaisement dans ses bras, cette impression d'être invulnérable, que plus rien d'autre ne compte, que si le monde brûlait autour de nous, nous resterions là.

Quelques mois plus tard, Hugo a réussi son concours. À l'annonce des résultats, il était tellement ému qu'il a pleuré contre moi. J'étais fière de lui, de ses efforts, de ce travail accompli, de tous ses progrès depuis notre première rencontre à la BU. J'aimais Hugo et j'éprouvais un énorme soulagement. Avec ce concours, il obtenait son laissez-passer pour entrer dans ma famille. Alors cela a été à mon tour de le présenter.

Mes parents habitent le château de Mercy-le-Haut, dont ma mère a hérité. Sa famille possédait des terres à la frontière du Luxembourg. Mon père, lui, y est né. Son grand-père avait des parts dans une petite banque à la fin du XIXe siècle. Il avait senti la bonne affaire et s'était associé. Cinquante ans plus tard, ses parts valaient une fortune.

Le profil d'Hugo fut validé malgré son projet d'avenir flou et l'absence de lettre de noblesse. Mon père l'emmena faire un tour du parc avec sa voiturette de golf pour discuter. Ils sont revenus copains. Il découvrit chez ce garçon une sensibilité touchante et il vit en lui une personne sincère et fidèle.

Notre couple tient, les années passent. Quand ma relation avec Hugo a commencé, jamais je n'aurais pensé qu'elle durerait aussi longtemps, qu'elle deviendrait aussi sérieuse. Tellement sérieuse que nous avons fini par nous marier. Nous avons acheté un appartement ensemble à la Butte-aux-Cailles, aidés par nos parents. Après l'obtention de son diplôme, Hugo s'est fait embaucher dans un cabinet ministériel. Mon père lui a trouvé cette place, en jouant de son réseau personnel, comme il l'a fait pour ses enfants. Je sais qu'en réalité, le poste d'Hugo n'est prestigieux qu'en apparence. Il classe des documents, organise des agendas, et rédige des synthèses. Quant à moi, je continue de grimper dans la hiérarchie de la boîte. Je dirige déjà une dizaine de personnes au marketing de Sephora France. À trente et un ans, je réalise une sacrée ascension qui promet une belle carrière.

Les parents d'Hugo ont pris leur retraite peu de temps après notre rencontre. Ils ont quitté Paris pour s'installer en Bretagne dans une maison magnifique, en première ligne au bord de la mer. L'endroit est idéal pour couler des jours paisibles en amoureux, mais leur couple s'est rapidement disloqué. Albert s'est mis à boire, à fumer et ne prêtait plus aucune attention à son épouse. Il jouait avec un chien à longueur de journée et sentait le tabac en permanence. Alors Héloïse, ma belle-mère, a décidé de le quitter pour revenir à Paris chez sa sœur. Hugo la trouve égoïste, moi je la comprends. Elle a déjà fait preuve de suffisamment de patience. Quand nous leur rendions visite certains week-ends, nous trouvions Albert enfoncé dans le canapé, un cendrier plein sur la table à côté d'une bouteille d'alcool vide. À notre mariage, il n'avait même pas enlevé ses lunettes de soleil de toute la cérémonie et n'avait parlé qu'à son chien. Depuis leur séparation, Héloïse s'est métamorphosée. Elle a une pêche d'enfer et semble avoir rajeuni de dix ans. Visiblement, la distance avec son mari lui a fait un bien fou. Albert aussi, après cette rupture, est allé de mieux en mieux. Quand nous retournons le voir, il fume beaucoup moins et reste à peu près sobre. Il a retrouvé des couleurs et une mine convenable.

Ma relation avec Hugo est restée la même qu'au premier jour. Je suis la femme de caractère, dominante, sûre d'elle, celle qui dirige, au bureau comme à la maison. Hugo est le mari gentil, flexible et peu contraignant. Il manque de confiance en lui depuis toujours, on ne change pas les gens. Moi j'ai de l'assurance, je prends de la place, je me fais entendre et je déteste être contredite. Je m'impose, j'aime que les choses se fassent à ma manière. Avec Hugo, tout est facile. Il est toujours d'accord pour tout. Je prends les décisions, il les approuve. Je n'aurais pas supporté un homme avec qui il faut toujours argumenter, débattre, se fatiguer à convaincre.

Mais si j'aime avoir le pouvoir et dominer au quotidien, ce n'est pas le cas en matière de sexe. Depuis l'adolescence et mes premières relations, j'ai toujours eu des envies particulières. Je laisse les mecs s'occuper de moi à leur guise. Je me soumets entièrement, j'obéis à tout, je m'exécute, je me transforme littéralement. J'ai suivi une thérapie pour expliquer ce changement radical de comportement (personne ne l'a jamais su). Le poids de mon éducation, les non-dits, la pression que j'ai subie dans mon enfance, l'image permanente de l'aristo coincée, froide et inapprivoisable, ma carrière qui passe avant tout le reste. Les voilà, les explications. J'ai trouvé dans le sexe un moyen de me libérer, d'évacuer, de tout lâcher, un refuge dans lequel je peux tout me permettre, où je me fiche d'être jugée. Mes parents m'ont inculqué la discrétion, la retenue, la sobriété. Pour eux, je suis restée la fille sage, exemplaire, sainte-nitouche. Il n'y a qu'au lit, cachée, à l'abri des regards extérieurs, que je peux enfin briser les codes.

J'ai enseigné à Hugo quelques pratiques qu'il trouve encore choquantes. Je lui demande de m'attacher, de me prendre fort, de me brutaliser. Lors de nos rapports, nous inversons totalement les rôles. Je laisse Hugo me commander, me dominer, m'insulter s'il le veut. Je rêve qu'il prenne de l'assurance et des initiatives, qu'il révèle sa virilité, sa hargne et sa puissance, qu'il se défoule entre mes cuisses ou dans ma bouche. Mais Hugo reste coincé, empoté, terriblement délicat. Des années après notre rencontre, il s'interloque encore quand je le supplie d'y aller plus fort, de me traiter comme une vilaine fille. Il me croit possédée par le diable. Il ne comprend pas d'où viennent ces envies, ces pulsions. Il me fait l'amour comme il cueillerait une fleur des champs. J'aimerais qu'il me prenne comme une traînée. Je lui donne pourtant carte blanche. Je relâche la pression, je baisse la garde, je tombe mon costume de femme intouchable et intimidante. Je ne cherche plus à contrôler la situation. Je n'essaie plus d'être la super woman, forte et irréprochable. Je m'abandonne entièrement, je me laisse aller. Hugo devient le chasseur et moi la proie. Je trouve ça si bon dans ces moments, de pouvoir enfin lâcher prise, de ne plus respecter aucune règle. Moi qui suis la travailleuse exemplaire, toujours très propre sur elle. Nous fonctionnons ainsi. Je suis la maîtresse de maison mais l'esclave au lit. Le problème est qu'avec Hugo, je ne suis jamais pleinement satisfaite. Il est incapable de me donner ce que j'attends. Je suis trop extrême pour lui. Je reste toujours sur ma faim. La frustration est devenue trop grande, alors un jour, j'ai pris un amant.

Agathe

J'ai toujours été l'amie de tout le monde. Celle que l'on appelle quand on se fait larguer ou que les parents divorcent. Les gens se livrent à moi facilement, je dois avoir une bonne tête. Déjà au collège, on venait me voir pour parler à quelqu'un, pour vider son sac. Je ne répétais jamais rien donc on me faisait confiance. J'ai une capacité à écouter avec patience et empathie. Je sais trouver les mots justes, les mots qu'on a envie d'entendre quand ça ne va pas. Des personnes que je connaissais à peine venaient me trouver dans le bus ou sur un banc, pour me raconter leurs problèmes. Ils n'attendaient rien de moi en échange, ni conseil ni réconfort. Ils se confiaient, me remerciaient, puis s'en allaient. J'étais comme la bouche d'égout devant le bar où l'on jette son mégot avant de retourner avec les copains. J'absorbais la misère des gens, le temps d'une cigarette. Même à la maison, je devais subir les pires confidences. Quand mes parents s'engueulaient, l'un partait en claquant la porte, l'autre restait avec moi pour me dire ce qu'il avait sur le cœur. Alors je faisais ce que je savais faire de mieux. J'écoutais.

Je suis née et j'ai grandi à Marseille. Mes parents s'y étaient installés et géraient un hôtel. Un établissement magnifique qui tournait toute l'année. J'aime cette ville comme aucune autre, son soleil et sa mer bleue, par endroits turquoise, ses gens qui parlent fort et qui ont toujours l'air de se disputer, ses ports pittoresques, aux Auffes, aux Goudes, à Malmousque, ses rues et ses immeubles délavés par le vent, ses goélands qui braillent, ses supporters qui chantent, ses origines qui se mélangent. Et puis j'ai voulu voir ailleurs et surtout avoir mon indépendance. Mon frère Alexandre avait déjà quitté le nid pour étudier à Nice. Je suis partie à Aix-en-Provence. Je vivais dans un studio de vingt mètres carrés avec un clic-clac et deux plaques électriques, un cocon sommaire à deux pas du cours Mirabeau. Je préparais une licence de psycho à l'université. Je me retrouvais avec tous ceux qui s'inscrivaient en fac après le bac sans aucune idée de ce qu'ils feraient ensuite. Je me suis intéressée très tôt à la psycho, et à force d'écouter les problèmes des autres, j'ai décidé d'en faire mon métier.

Adolescente, je me suis découvert une passion pour la photographie, après une expo au musée Cantini. Pour mes seize ans, j'ai demandé un reflex, mon premier boîtier, un Nikon D3100 avec un objectif interchangeable. Je me promenais dans Marseille, l'appareil en bandoulière. Je trouvais cette ville et sa lumière photogéniques. Je photographiais les rues, les gens, les ombres, les vieux immeubles. Très observatrice, j'immortalisais des moments de vie que personne ne remarquait. Je retouchais mes prises en noir et blanc. Je les trouvais alors plus fortes, plus authentiques, plus profondes. De temps en temps, j'achetais du nouveau matériel et je suivais des formations dans un club. On me disait que j'avais un œil et même un certain talent. J'aimais la psychologie mais je rêvais de devenir artiste photographe, faire des expos et vivre en vendant mon travail.

J'ai obtenu mon diplôme et je suis montée à Paris. Je voulais découvrir cette ville où tout se passe, ce décor qui inspire, cette plaque tournante des arts où beaucoup vont tenter leur chance. J'ai quitté mon sud, mon soleil et ma mer. Je suis partie avec mes valises pleines de rêves et de vêtements, pour essayer, moi aussi, de vivre de mon talent.

Je ne partais pas vraiment à l'aventure. Je logeais chez une cousine, le temps de trouver du travail et un appartement. Et puis rapidement, avec l'argent de mes parents, un peu de chance et beaucoup de culot, j'ai pu ouvrir mon cabinet. « Agathe Limon – Psychologue », comme l'indiquait la plaque dorée en bas de l'immeuble. En commençant à travailler, j'ai mis la photo entre parenthèses. Mon matériel dormait dans un sac au fond d'une armoire. J'exerçais enfin ce métier qui me correspond depuis toujours. Celui pour lequel je suis faite.

De neuf heures à vingt heures, j'écoute la vie des gens, assise dans mon fauteuil en cuir. Je rencontre la solitude du monde, je soigne sa colère, sa tristesse, ses angoisses. J'aide les nerveux, les anxieux, les dépressifs, les névrosés, ceux qui portent le poids de leur enfance. Certains parlent très peu, incapables de cracher le morceau, retenus par des forces de résistance énormes. D'autres, au contraire, parlent de tout et n'importe quoi pour fuir en permanence le sujet qui les nuit. Ils cherchent à noyer le poisson. J'ai de vrais cas, avec des problèmes profonds et tragiques, et puis d'autres qui viennent pour se plaindre et se lamenter de leurs soucis dérisoires. Je suis en première ligne de ces vies en pagaille, de ces destins ébranlés, de toutes ces existences dramatiques que l'on croise dans la rue sans les soupçonner un seul instant. Je rentre chez moi le soir en relativisant, même si je n'ai ni mec ni plan cul. Je me suis acheté un poisson rouge qui tourne dans un bocal à pied. Je m'allonge dans le canapé et je lui parle. Il est mon thérapeute. Je lui raconte la misère et la détresse que les gens vident sur moi. J'accumule la tragédie du monde, je l'encaisse. Je la laisse s'entasser. J'essaie de prendre du recul pour ne pas être affectée, pour ne pas devenir folle. Je me sens parfois comme un cendrier qui se remplit inexorablement mais que personne ne vide jamais. Je suis un petit bout de femme, jeune et frêle, et les gens me confient leur énorme fardeau. Je suis une benne à la déchèterie où l'on balance ses encombrants, un étang d'épuration qui finira par déborder. Je porte le poids du monde sur mes épaules chétives dans mon cabinet rue Saint-Nicolas. C'est le bureau des pleurs, le mur des lamentations.

Au début, je ne trouvais pas ce métier facile. Les problèmes des patients m'affectaient personnellement. J'y pensais toute la nuit. Je cogitais, ils me remuaient les tripes. Je les prenais trop à cœur. Il faut reconnaître que la capitale compte son lot de déprimés, de toxicos, d'alcooliques et de nymphomanes. Il y a de quoi faire, je ne m'ennuie jamais. Certains patients m'ont proposé un plan pour toucher de la C à bon prix. D'autres m'ont fait des avances pour essayer de me sauter. Il y a même une nana qui m'a demandé si moi j'aimais ça, la sodomie. Les gens se confessent d'un tas de péchés, de fantasmes bizarres, de pensées malsaines et de pratiques douteuses. J'entends plein de saloperies, des trucs pas nets, des aveux terribles. Je tombe parfois sur de vrais cinglés. Je suis un paquet de foutraques qui me parlent de leurs plans suicidaires, de leur envie d'étrangler leur femme ou leur patron, ou de fourrer leur demi-sœur. J'ai réalisé à quel point le monde est rempli de gens obscènes et dérangés, en apparence parfaitement sains. Je trouve ça plutôt flippant. Mais je me dis que la nature humaine a toujours comporté sa part de vices et qu'il vaut mieux les confier à quelqu'un que de passer à l'acte. Alors si m'en parler peut les calmer, moi je veux bien les entendre. D'année en année, j'ai appris à faire face et m'y suis habituée. Je suis devenue parfaitement opaque et résistante, même aux pires confessions. Je me suis construit un bouclier, une carapace inviolable et plus rien ne pourrait affecter le petit bout de femme que je suis. Quand je vois un patient aller mieux grâce à notre travail, j'oublie tout le reste. C'est ma récompense, ma raison d'exercer. Je trouve que la vie ressemble à un grand jeu de société où nous sommes tous des pions ; chacun franchit les obstacles à sa manière, avec plus ou moins de difficultés. Moi je suis une carte chance, je donne un coup de pouce à ceux qui en ont besoin. Je me prends parfois d'affection pour un patient. Les personnes seules et dévastées en général, ceux que la vie n'a pas épargnés.

Il y en a un que je n'oublierai jamais. Il s'appelle Édouard. Il a perdu sa femme Agnès, décédée d'un cancer et il n'arrivait pas à se reconstruire. Édouard est un homme adorable, très seul et très touchant. Sa vie restait en ruine depuis la mort de son épouse. Il ne pouvait plus regarder une femme en face, ni l'admirer, ni la désirer. Quand je le fixais dans les yeux, il fuyait mon regard et se sentait gêné. On aurait dit un enfant intimidé devant une grande personne. En dix-sept ans de relation avec Agnès, Édouard avait eu une sexualité épanouie. Il me la racontait difficilement et avec beaucoup de malaise, comme un sujet sensible et tabou. Je le forçais à développer, à détailler, même s'il n'osait pas se lâcher. Au début, je n'en tirais rien. Je me disais que nous n'y arriverions jamais. Et puis avec le temps, la confiance s'est installée entre nous et il finit par se livrer. Je découvris que par le passé, Édouard avait été un homme viril et dominant, qu'il faisait l'amour régulièrement et semblait même le faire plutôt bien, à sa façon de me le raconter. Depuis sa femme, il n'avait plus jamais eu de rapport. Il n'y parvenait pas, Agnès le hantait. Alors je me suis juré de le guérir, de l'aider à refaire sa vie, à se reconstruire. Nous avons travaillé ensemble pendant vingt-deux séances. Il lui arrivait parfois de pleurer, de craquer quand je le poussais trop loin. Je lui montrais en photos des actrices, des mannequins, parfois nues, toutes plus belles les unes que les autres. Je l'obligeais à les regarder, à donner son avis, à en préférer une parmi toutes. Je demandais à Édouard de me dire ce qu'il préférait chez une femme, physiquement. Nous avons aussi parlé de sa première fois, des peurs qu'il avait, adolescent, pour les mettre en lien avec ses blocages de veuf. Après avoir couché avec la même personne pendant des années, la perte de repères peut créer des angoisses, le jour où la relation se termine.

Peu à peu, je voyais qu'Édouard tenait mon regard de plus en plus, qu'il osait m'observer, discrètement. Il faisait des progrès. Un jour, je lui ai demandé s'il se branlait, comme ça, de manière très directe. Il est devenu écarlate. Il fallait crever des abcès et débloquer les freins qui l'empêchaient d'avancer.

Lors de notre dernière séance, j'ai porté une jupe courte, et un décolleté plongeant sans soutien-gorge. Je lui ai ouvert la porte et j'ai senti son regard sur mes fesses quand il me suivait dans le couloir. Assise en face de lui, je croisais et décroisais les jambes pour le laisser entrevoir ma culotte. Je trouvais ce petit jeu très amusant. Je voyais son regard briller, une certaine chaleur lui monter au visage, ses mains devenir moites. Il ne me quittait pas des yeux. Au début de la thérapie, il voulait que je m'assoie dans son dos, tellement il avait du mal à me regarder en face. J'ai fait tomber mon stylo par terre pour me pencher en avant et lui offrir une vue imprenable sur ma poitrine. Et alors, droit dans les yeux, je lui ai demandé comment il me trouvait. Édouard a avalé sa salive et s'est essuyé ses mains devenues moites sur son pantalon. C'est à ce moment que j'ai mis fin à l'exercice, le dernier que nous faisions ensemble. Je me suis levée d'un bond en tirant sur ma jupe et en claquant dans mes mains pour le sortir de son hypnose.

« Bon, eh ben voilà ! On y est ! Félicitations, Édouard ! »

Je lui ai souri avec tendresse et émotion en lui annonçant que notre travail était terminé et qu'il était guéri. Je voulais l'embrasser, le serrer dans mes bras, cet homme qui aurait pu être mon père. Je lui ai dit à quel point j'étais fière de lui, de tout ce que nous avions accompli ensemble, qu'il était prêt désormais, à retrouver quelqu'un. J'ai vu l'émotion l'envahir, des larmes lui monter, une envie de remerciements qu'il ne parvint pas à exprimer. L'heure des adieux est arrivée, à contrecœur. Je ne garde jamais contact avec les patients.

« Bonne chance, Édouard, et prenez soin de vous. Ça va aller, je ne me fais aucun souci, vous êtes charmant. C'est un nouvel homme que j'ai en face de moi. »

Et je lui ai tendu la main qu'il a serrée chaleureusement dans les siennes avant de s'en aller. Souvent, je pense à lui.

J'espère vraiment l'avoir aidé et qu'il a rencontré à nouveau quelqu'un. Quelque temps après mon installation à Paris, mon frère Alexandre m'a rejoint, lui aussi pour y travailler. Il est chef de secteur pour la marque Gillette. Il vend des rasoirs et des mousses à raser à des grandes surfaces. Il s'occupe des banlieues nord et ouest. Je ne connais pas meilleur vendeur que mon frère. Avec sa belle gueule, son bagout et sa confiance en lui, il est capable de vendre n'importe quoi. Il a logé chez moi, le temps de trouver un appartement. Au début, j'étais heureuse de l'avoir à Paris. Je trouvais sécurisant de le savoir tout près, en cas de problème. Et puis, je ne voyais pas beaucoup de monde en dehors de mes patients, alors la présence de mon frère me changeait les idées. Mais Alexandre est rapidement devenu invivable. Il n'a pas mis longtemps à m'insupporter avec son rythme, ses remarques et ses habitudes. J'avais oublié à quel point son arrogance pouvait être pénible. Son ego prenait toute la place et je me sentais complètement envahie dans mon propre appartement. Il dénigrait sans cesse mon travail, se moquait de ma fatigue, de mes patients, de ma routine calme, saine et sans extravagance. Alexandre sortait en boîte, rentrait au milieu de la nuit, mangeait n'importe quoi, laissait tout traîner et enfumait la pièce avec sa cigarette électronique. Il osait même ramener une nana de temps en temps, sans me demander mon avis. Ils faisaient ensuite comme si je n'existais pas.

Ils s'envoyaient en l'air dans le salon, juste derrière la fine cloison qui le séparait de ma chambre. J'entendais la fille jouir et devinais leur position. Je restais muette, bien trop gênée pour débarquer dans la pièce et les engueuler. Je m'imaginais parfois me lever en furie, les surprendre en plein acte, claquer Alexandre et tirer sa partenaire par les cheveux pour la mettre dehors. Mais j'enfilais mes boules Quies et tentais désespérément de trouver le sommeil. J'étais frustrée d'entendre le plaisir de la fille, moi qui n'avais pas eu de mec depuis la fac. Je ressentais à la fois de l'excitation et une rage terrible envers mon frère.

Alexandre a toujours débordé d'ambition. Il est prêt à tout pour réussir. Il n'est jamais là pour moi. Il ne pense qu'à lui, à son confort, à son business, à ses dépenses, à ses soirées, à ses vacances. Quand nous vivions ensemble, il prêtait plus attention à ses plans cul qu'à sa propre sœur. Heureusement, il a trouvé un appartement où emménager. Je n'ai plus eu à subir son insolence, sa fumée infecte, ses matchs de foot, ni les pouffes qu'il s'avisait de ramener régulièrement. Étant psychologue, je sais parfaitement qu'Alexandre, derrière les apparences, est profondément malheureux. Il n'est pas difficile à cerner. Tout le monde doit se rendre compte qu'il n'est jamais naturel. Il joue un rôle, s'invente un personnage. On dirait qu'il fuit celui qu'il est vraiment. Il essaie de mener la vie qu'il ne pourra jamais se payer, d'intégrer un monde qui ne sera jamais le sien. Il vit en permanence dans la frustration, la jalousie, l'insatisfaction. J'essaie de comprendre d'où vient son mal-être. Nous avons pourtant reçu la même éducation. Je ne vois pas d'où peut venir un tel refus de lui-même. Je pense qu'Alexandre aurait sacrément besoin d'un psychanalyste. Je suis souvent en colère à cause de lui mais je le plains beaucoup. Il me fait de la peine. Il finira tout seul.

Depuis peu, j'ai repris la photographie. Entre mon emménagement, l'ouverture du cabinet, la cohabitation avec mon frère, l'implication envers mes patients, je n'avais pas encore eu le temps. J'ai ressorti mon matériel qui dormait au fond du placard. J'aimerais réaliser mon rêve d'exposer mon travail. Alors je photographie la capitale. Je m'inquiétais d'avoir perdu mon « œil », de ne plus remarquer ces instants que je capturais si bien. Mais cette ville est si magique et inspirante, que j'en ai rapidement fait mon terrain de jeu. J'aime son atmosphère, son romantisme, sa mélancolie. J'aime son architecture, ses monuments, ses parcs et ses avenues qui la rendent si belle. J'arpente ses rues pavées et ses métros, ses ponts et ses quais, toujours en quête d'une seconde à immortaliser. Je me sens happée par son énergie, entraînée dans son tourbillon, hypnotisée par sa foule.

Le soir en rentrant chez moi, j'insère la carte SD[4] dans l'ordinateur et je retouche mes prises. Je revis chaque scène, enfermée à jamais dans une petite boîte et bientôt, je l'espère, accrochée au mur. Quand j'ai enfin assez de matière, je décide de faire mes premiers tirages. Alors je cherche un studio, un mec pro, pas trop cher et surtout impartial. Je trouve un type super, Nicolas, la soixantaine, un vrai passionné. Il bosse dans un local derrière une grande verrière au fond d'une cour intérieure. Nicolas porte toujours un jean déchiré, de vieilles baskets, une chemise à carreaux ouverte sur un t-shirt blanc, des lunettes de vue parfaitement rondes à la Jamy Gourmaud. C'est un mec à la cool, au style d'adolescent mais pas né de la dernière pluie niveau photo. Nous avons commencé à travailler ensemble, je crois qu'il m'a apprécié tout de suite. Il prend le temps de m'expliquer les choses, utilise des mots simples sans essayer de m'impressionner avec un jargon complexe. Nicolas est humble et se met à mon niveau. Il ne commente jamais mon travail, comme s'il ne voyait pas la photo dans son ensemble, mais seulement les détails à corriger. Si je lui apportais une prise de moi les seins à l'air, il ne broncherait même pas. Quand je lui fais part de mon envie d'exposer, il n'exprime absolument rien.

4. Une carte SD (« SD » étant le sigle de l'expression anglaise « Secure Digital ») est une carte mémoire amovible de stockage de données numériques créée en janvier 2000 par une alliance formée entre les industriels Panasonic, SanDisk et Toshiba. Source : Wikipédia

Il ne me casse pas mais ne m'encourage pas vraiment non plus. On se voit régulièrement pour retoucher, peaufiner les tirages. Nicolas fait des merveilles et les résultats sont toujours impeccables. Après deux mois de collaboration et un début d'amitié, je reviens à la charge avec mon souhait d'exposer. Il réfléchit un instant en se caressant la barbe, puis il déclare :

« Toi, je t'aime bien. Et franchement, je valide bien c'que tu fais ! C'est vrai, sur tes photos, on dirait toujours que t'es au bon endroit au bon moment… Alors je vais t'aider mais crois-moi, ça m'arrive pas souvent ! J'ai un ami qui tient une friperie dans l'Marais. Il a une salle annexe où il organise des expos temporaires. Rien d'exceptionnel mais pour commencer, ça ira bien. Tous les mois, l'artiste change. Tu organises ton vernissage, tu invites qui tu veux, tu te débrouilles, t'as carte blanche ! Mon pote se fait un peu de pub pour la boutique et il prend un petit pourcentage sur les ventes s'il y en a. Si ça te convient, je lui en parlerai. »

Pour la première fois, Nicolas exprime son avis sur mes photos. En réalité, je ne lui avais jamais demandé. En plus d'apprécier mon travail, il me propose une salle pour exposer ! Je trouve l'idée super et elle me convient parfaitement.

« Par contre, il y aura sûrement un peu d'attente, la salle doit être réservée pour plusieurs mois déjà. Mais tu peux te mettre sur la liste. »

Je suis comme une gamine, je vais enfin pouvoir montrer mon travail. Plus tard, Nicolas parle à son ami, je pourrai occuper la salle dans deux mois. Alors les semaines suivantes, je me donne à fond pour produire les meilleurs clichés. J'y consacre tout mon temps libre. Puis me vient une idée un peu saugrenue. Tous les jours, mes patients viennent au cabinet me confier leurs émotions et leurs sentiments. Ils m'en parlent toujours avec beaucoup d'énergie et de sincérité. Tantôt ils pleurent ou se mettent en colère, tantôt ils rient en me racontant un souvenir heureux. Je passe des heures à arpenter la ville en quête de visages expressifs et d'émotions à capturer, alors qu'il y en a plein mon bureau toute la journée. Je ne peux pas trouver mieux. Je décide alors de photographier mes patients. J'en parle à Nicolas, il se montre sceptique. Il dit qu'ils refuseront tous, qu'il y aura un problème de déontologie, que ça nuira à leur analyse. Je réussis finalement à le convaincre, il suffira de leur demander. Je me lance dans ce défi, celui de prendre en photo mes patients. Je suis soulagée que la plupart n'y voient pas d'inconvénient. Je leur fais signer un document et je commence à bosser. Nicolas me prête une focale spéciale portraits et deux flashs sur pied avec parapluie. Il me donne des conseils, des idées, il me soutient à fond. Il s'implique, à croire que c'est son expo à lui. Je comprends très vite que Nicolas ne m'aide pas par hasard, qu'il y a autre chose. À ses yeux, je ne suis pas qu'une simple cliente. Nous sommes devenus très proches. J'ai parfois l'impression qu'il me considère comme sa fille.

La vie est faite de hasards et de belles surprises. Je marche dans la rue en fixant mon téléphone. Je rentre chez moi en revenant de la boulangerie et quelqu'un m'appelle sur le trottoir d'en face. Édouard, mon ancien patient, me fait signe, un bouquet de fleurs à la main. Il se précipite vers moi en manquant de se faire renverser.

« Agathe ! Je suis si content de vous voir ! Ça fait combien de temps, six mois ? Oui, c'est ça, six mois ! Vous avez cinq minutes pour prendre un café ? Il faut que j'vous raconte, oh lala… »

Il a l'air incroyablement heureux, métamorphosé.

J'ignore souvent ce que deviennent les patients après nos séances. Je suis toujours un peu triste quand nos séances se terminent. Au cours du travail thérapeutique, nous créons des liens si spéciaux qu'il est parfois difficile d'y mettre un terme. Quand on soigne un oiseau blessé, on a du mal à le laisser s'envoler. Et puis comme l'oiseau, je ne revois plus jamais les patients. J'ignore s'ils s'en sortent, si mes efforts payent, si grâce à moi, ils vont mieux et pendant combien de temps.

J'éprouve une grande frustration de ne jamais voir le fruit de mon travail. Du moins, de ne pas avoir la preuve de son bénéfice. Certains patients m'envoient une lettre de remerciements, parfois une boîte de chocolats. Mais beaucoup s'effacent sans donner de nouvelles. Une fois guéris, soulagés, certains s'empressent de tourner la page, de tirer un trait sur ce passage de leur vie. Grâce à nos séances, ils enferment leurs démons dans une boîte qu'ils se dépêchent de refermer derrière eux ensuite. Moi, au contraire, je voudrais qu'ils apprennent à vivre avec, à en être pleinement conscients, à ne plus en avoir peur.

Je suis Édouard dans le café le plus proche, au coin de la rue.

« J'ai rencontré quelqu'un, Agathe. C'est merveilleux ce qui m'arrive. Je ne pensais pas connaître de nouveau un tel bonheur. Je voulais vous écrire pour vous remercier et puis j'oublie à chaque fois ! Mais voilà, j'ai l'occasion de vous le dire en face, c'est encore mieux. »

Il me parle comme au temps de nos séances et moi je l'écoute, attendrie, émue, touchée par son histoire. Après sa thérapie, Édouard s'est décidé à retrouver quelqu'un, à ne pas finir seul. Il a enfin réussi à faire le deuil, à accepter la mort d'Agnès, à se pardonner. Il est parvenu à vaincre ses peurs, à reprendre confiance en lui.

Un jour, en allant au théâtre, il a rencontré Héloïse. Il m'en parle comme d'un miracle, comme d'un véritable cadeau tombé du ciel. Il m'explique avec fierté sa démarche dans ce hall où ils étaient tous les deux en avance, quand ils se sont revus les fois suivantes, cette séduction réciproque, cette complicité immédiate, toutes leurs similitudes. Lui qui avait tant de mal à se confier sur sa sexualité, il me raconte leur première fois ensemble, la redécouverte des sensations, de ce plaisir, de cette passion oubliée. Il me confie leur ivresse à ce moment-là, leur abandon l'un à l'autre, leurs deux corps en fusion dans une chaleur étourdissante. « Comment j'ai pu m'en passer pendant toutes ces années ? Héloïse est une femme exceptionnelle, vous savez. J'ai senti dès le début qu'elle aussi avait quelque chose de cassé en elle. Une sorte de colère et en même temps un grand désarroi. Nous nous sommes réparés mutuellement. Et ça, Agathe, c'est grâce à vous. »

Édouard ne pourrait me faire davantage plaisir qu'en me racontant son nouvel amour avec autant d'excitation. Il m'offre la plus belle des satisfactions.

Je revois cet homme brisé que j'ai rencontré la première fois au cabinet, à son regard fuyant, son air abattu, comme écrasé par le poids de sa culpabilité. Et je le retrouve par hasard, six mois après la fin de nos séances, rajeuni, amoureux, vivant. Je suis tellement heureuse de le savoir de nouveau avec quelqu'un. J'ai toujours su qu'il y arriverait, qu'il trouverait ce courage en lui. J'admire ceux qui ont la capacité à rebondir, quoi qu'il arrive, à aller de l'avant, à garder espoir. Ceux qui ont la force de réagir, de rester solide, de ne pas regarder en arrière mais toujours loin devant. Édouard l'a fait, il s'en est sorti. Devant moi, avec ses yeux pétillants et son bouquet de fleurs à la main, il incarne la renaissance, le renouveau, celui d'un homme qui se reconstruit.

« Ces fleurs, c'est pour Héloïse ? je lui demande avec un sourire complice.

— Oui, c'est pour elle, j'étais en chemin. On habite ensemble, maintenant. »

En voyant l'émotion sur son visage, je pense à mes patients que je photographie pour l'expo. Alors je parle à Édouard de mon projet et lui demande de venir poser pour moi au cabinet.

« J'en serais honoré, Agathe. »

Je lui dis de m'appeler pour déjeuner ensemble à l'occasion, avant qu'on se dise au revoir devant le café.

En rentrant, assise dans le canapé face à mon poisson, je m'effondre en larmes. Je réalise à quel point ma situation est désastreuse et pathétique. Édouard m'a donné le déclic, l'électrochoc pour réagir. À force d'aider les autres, j'en oublie de m'occuper de moi. Alexandre n'a pas tort, je fais pitié. Je n'ai aucune vie, ni sentimentale, ni sexuelle. Alors c'est décidé, il faut que je réagisse, ma solitude ne peut plus durer.

Nicolas

J'ai toujours été un marginal, un mec qui n'entre dans aucune case, qui pense différemment, qui serait bien content si tout le système se cassait la gueule. Je me fous du regard des autres, de l'actualité, du Tour de France, des élections. Je n'ai jamais voulu être esclave de la société, bosser pour une grosse boîte, avoir des congés payés, des tickets resto, gagner de l'argent pour le dépenser bêtement. Je n'aurais jamais supporté de trimer pour un patron. Je suis plutôt baba cool, adolescent des années soixante-dix, *carpe diem*, pas stressé. Je n'accorde aucune importance aux biens matériels. Moins j'en ai, mieux je me porte. Je n'achète jamais rien, ou alors de la récup. Quand quelque chose est cassé, je répare, je rafistole. J'ai horreur de jeter. On est en train de bousiller la planète avec notre production de masse. Je suis partisan de la décroissance, du ralentissement, de la non-consommation. Je me suis toujours contenté du minimum. Je me satisfais de ma situation, de ce que je possède. Je ne suis pas envieux. À mon avis, ceux qui s'entourent d'objets sont profondément malheureux. Le bonheur est dans la simplicité, la sobriété, la modération.

Une grande partie de ma vie se résume à des études bâclées, des petits boulots, de la débrouille, beaucoup de rêves, un peu de talent, aucun pognon. J'ai grandi à Lyon jusqu'à mes vingt ans. J'habitais la Croix-Rousse avec mes parents. Mon père tenait un bar sur les Pentes. *Les Camarades,* il s'appelait. Ma mère coiffait dans un petit salon. Quand j'étais gosse, après l'école, j'allais au bistrot de mon vieux. Je m'asseyais dans un coin et j'attendais que ma mère vienne me chercher. Aux *Camarades*, on voyait toujours les mêmes piliers. Ça clopait à l'intérieur, ça jouait aux cartes, ça regardait les courses de chevaux à la télé. Souvent, les mecs s'engueulaient et se frittaient dans la rue. J'aimais bien être là-bas. J'avais l'impression d'être un homme. Il flottait toujours une odeur de tabac, de café et d'anis. Ça braillait par-dessus le bruit de la cafetière et du flipper. Parfois, un client me payait des cacahuètes au distributeur et un autre lançait pour déconner : « Sers-lui un jaune, plutôt, au gamin, il en veut pas d'tes graines ! »

C'est sûr que les gars n'avaient pas leur langue dans la poche, toujours le bec ouvert et une histoire à raconter. Moi je les écoutais en faisant semblant de faire mes devoirs. Ils parlaient souvent de nanas et balançaient des blagues de cul. J'apprenais plus de trucs qu'à l'école. Quand ma mère arrivait, je ne voulais pas rentrer à la maison. Je faisais un caprice terrible, je m'accrochais à la table jusqu'à m'en prendre une bonne. Chez moi, ça filait droit et fallait pas moufter.

J'admirais mon père, grand et costaud, debout derrière son comptoir avec un torchon sur l'épaule. Tout le monde le respectait. Quand deux mecs commençaient à régler leurs comptes, mon père les chopait aussitôt. « Pas de ça chez moi ! Allez vous battre dehors ! » il disait. Il faisait la loi dans son bar et personne ne bronchait. Parfois, le soir après la fermeture, il restait boire un coup avec les copains et il rentrait bourré. Je détestais le voir dans cet état, surtout qu'il parlait mal à ma mère. En grandissant, j'ai continué de venir au bistrot. Les habitués vieillissaient mais restaient fidèles. Je jouais aux cartes avec eux en fumant une cigarette, chacun payait sa tournée. Je donnais un coup de main aux heures de pointe, quand les mecs rappliquaient après leur journée de travail.

« Salut Nico, tu passeras le bonjour à ta mère ! »

Aux *Camarades*, les clients faisaient un peu partie de la famille.

Quand j'en ai eu marre de vivre chez mes vieux, de bosser au bar, de ne rien construire de concret, je suis monté à Paris. Je suis parti sans diplôme, sans argent, avec une valise de fringues et mon appareil Canon. Je voulais être artiste, devenir quelqu'un. J'espérais vivre de mes photos, les exposer, les vendre et me faire un nom. J'étais doué et ça a marché un temps. Je ne roulais pas sur l'or mais je ramenais pas mal de gonzesses. Des tas de mecs comme moi affluaient vers la capitale en cherchant à faire carrière dans la mode, le cinéma, la musique… Je me suis rendu compte que nous étions des milliers à vouloir vivre de nos tirages, de nos toiles, de nos manuscrits ou de notre Gibson. J'avais plutôt bien commencé et puis tout s'est arrêté, sans vraiment de raison. J'ignore où j'ai foiré. Je m'étais fait pote avec un autre photographe, Michel. On collait bien tous les deux. Lui aussi débarquait à Paris dans l'espoir d'être coté un jour. Il a connu un succès éphémère, comme la plupart. La capitale regorgeait de talents venus du monde entier. Elle nous avalait, en tirait son parti en nous offrant un peu de lumière, puis elle nous recrachait à la rue et chacun repartait comme il était arrivé. Mais avec Michel, on n'a pas tout perdu. Avec le fric qu'on s'était fait, on a pu ouvrir notre propre studio. On a trouvé un local au fond d'une cour intérieure avec une grande verrière, idéale pour regarder les tirages à la lumière du jour. À l'époque, ça ne valait rien, personne n'en voulait. En connaissant du monde dans le milieu, on n'a pas eu mal à rameuter des clients. Mais le studio tournait pour nous procurer tout juste de quoi vivre. Michel et moi dormions dans l'arrière-boutique, un tas de bric à brac aménagé avec de la récup. On ne se plaignait pas. On était heureux. Paris nous offrait ce qu'elle savait faire de mieux : attirer des artistes en quête de reconnaissance. Des tas de gens poussaient la porte du studio, des rêves plein la tête. On voyait des jeunes et des moins jeunes, des hommes et des femmes, des mecs pas très sûrs d'eux et d'autres persuadés d'être des génies. Certains n'y connaissaient rien en tirage, d'autres voulaient nous apprendre le métier. Avec Michel on s'adaptait, tant qu'ils payaient, ça nous allait. On tirait toute sorte de photos, des portraits, des paysages, des nus, du noir et blanc, du coloré, des choses pas mal et des trucs affreux. J'avais horreur que l'on me demande mon avis. Tous ces débarqués qui me disaient : « Vous en pensez quoi vous, sincèrement ? » Comme si j'allais leur répondre : « Bah sincèrement, j'mettrais pas ça chez moi ! Ça vaut pas un pet de lapin et tu ferais mieux d'pointer à la RATP. » Commercialement, cela aurait été moyen.

Le pire, c'était ceux qui arrivaient en disant : « Ça va cartonner, tout le monde me l'a dit ! » avant de m'avoir montré les photos.

Là, je n'avais même pas envie de les voir et encore moins de les tirer. Mais en virant tous les arrogants sans talent qui passaient notre porte, on aurait tout juste payé les charges avec Michel. Alors on prenait sur nous.

J'ai rencontré ma femme Céline au marché, en plein été. Elle était habillée d'une robe rouge à pois noirs avec un chapeau vert, on aurait dit une grosse fraise. Je marchais avec mon appareil, je prenais les rayons du soleil qui éclairaient les étals à travers les parasols. Céline portait des sacs de courses et je me suis proposé de l'aider. Je l'ai connue comme ça, entre les melons et les cerises. Avant elle, je n'avais jamais eu de relation sérieuse. Je vagabondais, une femme dans chaque port. Je ne tombe pas amoureux facilement. J'ai emménagé chez elle, à la grande joie de Michel, qui récupérait le local pour lui tout seul. Il me reprochait toujours d'être bordélique.

Notre histoire durait et Céline a donné naissance à un petit garçon. Je suis devenu père sans avoir eu le temps d'y réfléchir. J'avais du mal avec ce gosse. J'essayais, j'apprenais sur le tas, maladroitement. Les mamans ont ça en elles, instinctivement. Les papas, eux, tâtonnent. Notre mariage s'est mis à battre de l'aile. Je trouvais Céline de plus en plus distante. Elle ne me disait pas tout. Et un jour, elle m'a annoncé qu'elle me quittait pour Michel. J'étais écœuré, anéanti. Je perdais en même temps ma femme, mon meilleur ami et mon associé. En prime, Céline m'a mis à la porte. C'était son appart et j'ai dû retourner vivre dans l'arrière-boutique. Cette période n'a pas été facile ! Je me suis retrouvé seul au monde, complètement abattu. J'ai vraiment failli me foutre en l'air. Michel n'a plus jamais remis les pieds à l'atelier. Je l'imaginais dans les bras de Céline, à lui faire l'amour. Je n'en dormais pas de la nuit. Peu de temps après, ils sont partis vivre à Montréal en emportant le gamin avec eux. Le choc a été dur à encaisser. Qu'est-ce que j'aurais pu faire ? De toute façon, je n'avais pas de quoi prendre un vrai appart' et je ne voulais pas élever mon fils dans ce trou à rats. Alors j'ai laissé courir, je me suis fait à l'idée. J'ignore comment j'ai tenu, comment j'ai trouvé la force de survivre à une situation pareille. J'aurais pu tout bazarder, vendre le studio, revenir à Lyon, reprendre le bar de mon père, refaire ma vie. Mais l'atelier est devenu ma seule raison de vivre et retourner habiter chez mes vieux, tenir le bistrot et servir des mauresques, non merci. Plutôt dormir sous les ponts. Alors je suis resté.

Depuis toutes ces années, je vis dans ce foutu local comme un ermite. Les prix de l'immobilier ont flambé et je n'ai jamais eu les moyens d'habiter ailleurs. On dirait vraiment une caverne humide, une grotte obscure, une cabane sombre en pleine forêt. Heureusement, je peux sortir dans la courette intérieure. Je mets une table et une chaise pour prendre un peu le soleil. Je regarde le ciel et ses nuages, je me dis que ça vaut toutes les vues du monde.

Je n'ai jamais eu de nouvelles de Céline, pas une lettre, pas une photo du gamin. Ça me tord encore le ventre. Je l'imagine grandir, là-bas, au Canada. Je donnerais tout pour savoir ce qu'il devient. Je le vois bien coach de hockey dans l'équipe des Habs[5], ou docteur à l'université McGill, ou bien photographe pour *The National Geographic,* dans la région des Grands Lacs, planqué dans un abri à shooter les caribous au téléobjectif. Je serais sacrément fier. Parfois, j'ai envie de prendre un billet d'avion pour partir à sa recherche mais je me dégonfle toujours. Alors j'espère seulement qu'un jour, la vie me rendra mon gosse.

Paris est devenue ma ville d'adoption. Je crois bien que ma place est là, que je finirai ici. Je descends parfois à Lyon pour rendre visite à mes parents. Mon père a vendu le bar depuis longtemps. Il aurait tant voulu que je le reprenne et qu'il reste dans la famille. Il a passé trente-six ans derrière son comptoir. Il en a entendu des histoires, il en a respiré des cigarettes, il en a vu des courses hippiques à la télé. Quand je pense aux litres de Ricard, à

5. *Habs*: surnom donné aux Canadiens de Montréal, l'équipe de hockey sur glace de la ville.

tous les ballons de rouge et tous les cafés fumants qu'il a servis dans sa carrière ! À toutes les parties de flipper, de fléchettes, de coinche ou de belote qu'il a jouées ! Toutes les bagarres qu'il a vues devant sa porte, les mecs bourrés au fond du trou, les filles larguées qui venaient se consoler là. Tous ces gens de passage qu'il ne revoyait jamais, ces vagabonds avec qui il discutait le temps d'un verre, tous les cafardeux, les orphelins, les cocus, les fugueurs, les mélancoliques, les artistes, les écrivains ratés. Tous ceux qui auraient préféré dormir là, sur une banquette, plutôt que de rentrer chez eux. Mon père en parle avec tellement de nostalgie, comme d'un amour de jeunesse. Quand je rentre à la maison, on s'assoit à la table de la cuisine et il déferle sur moi une vague de souvenirs. Les yeux dans le vide comme s'il revoyait chaque scène, le regard absent posé sur son verre de Lillet.

En approchant de la soixantaine, je pense de plus en plus à arrêter, à prendre ma retraite, à faire comme mon père, revendre l'affaire dans laquelle j'ai passé tant d'années et vu défiler tant de monde. Et puis un matin pluvieux, une jeune fille a poussé ma porte, un appareil en bandoulière. À cet instant, je l'ignore encore mais cette fille va changer ma vie. Elle s'appelle Agathe. Elle est jolie, pas très grande, les cheveux défaits, un air d'enfant curieux, un peu perdue. Elle me plait tout de suite, peut-être parce qu'elle pourrait être ma fille. Elle me montre ses photos sans faire de commentaire, sans rien attendre de moi. Dès les premières images, je vois qu'elle avait du talent. Elle prend Paris sous un nouvel angle, avec un œil bien à elle. On commence à travailler ensemble et à se voir régulièrement. Quand Agathe pousse la porte de l'atelier, elle me fait l'effet d'un petit soleil qui d'un coup illumine la pièce et mon existence. Je mets tout mon cœur à tirer ses clichés, à les rendre les plus éclatants possible. Avec le temps et la solitude, je suis devenu un peu rustre et sans doute me prend-elle pour un vieil ours. Mais rapidement, une affinité se crée entre nous. Je ne connais pas grand-chose d'elle, à part qu'elle est psy et qu'elle a l'air de vivre seule. On ne parle pas tellement de nos vies respectives. Un jour, elle m'annonce vouloir exposer. Elle me confie timidement avoir ce rêve depuis toujours. Agathe parle de son travail avec beaucoup de retenue et d'humilité, quand la plupart débarquent la première fois en pensant être les Doisneau du XXIe siècle. Elle a du génie et semble l'ignorer, ou du moins en douter. Moi je l'ai su tout de suite. Mon vieux pote Manu tient une friperie dans le Marais et organise des expos temporaires. Un lieu où des gens viennent essayer des fringues d'occasion, boire un verre sur fond de musique *house* et admirer des œuvres *underground* fixées au mur. Alors j'en parle à Manu qui valide le travail de la petite et ensemble on bloque les dates.

Agathe pourra exposer pendant un mois. Elle est surexcitée. Elle doit organiser elle-même le vernissage, payer les boissons, gérer la sono et s'occuper de ramener du monde. On se voit encore plus souvent. Elle me demande des conseils pour l'expo et je l'aide du mieux possible. Agathe doit choisir vingt tirages, ceux qu'elle veut. Puis un matin, elle m'annonce vouloir photographier ses patients. On travaille à fond pendant des semaines, la petite bosse sur les prises et l'expo, moi sur les tirages.

De tous les clients qui franchissent ma porte en rêvant de devenir riche et célèbre, je n'aide jamais personne. Pas l'envie, pas la foi, peut-être aussi la frustration toujours enfouie de ma carrière éphémère, atomisée à peine décollée, comme une fusée d'essai. Je fais mon job, je tire leurs torchons et puis bonne chance, chacun sa route. Avec Agathe, je me laisse embarquer sans me poser la moindre question. Je l'ai prise sous mon aile. À la seconde où je l'ai vue, j'ai eu envie de l'aider. Je l'ai adoptée comme un oiseau venu se taper contre la verrière. Parfois, j'ai l'impression d'être son père spirituel. Je sais à quel point la route vers le succès est longue, à quel prix s'achète la reconnaissance, à quels obstacles il faut se confronter. Mais cette petite déploie une telle énergie, les yeux brillants d'espoir, que j'ai fini par croire en ses chances. Alors son rêve est devenu le mien, celui que je n'ai jamais réalisé. J'aimerais la voir réussir là où moi j'ai échoué.

C'est con à dire mais cette gamine a redonné un sens à ma vie. Elle a surgi de nulle part au moment où j'en avais le plus besoin, quand je n'avais plus d'espoir, quand je m'apprêtais à tout lâcher. Sans elle, j'aurais peut-être déjà vendu le studio et quitté Paris. Sans Agathe, ce qu'il va m'arriver par la suite ne se serait jamais produit.

Ma vie a basculé lors d'une belle soirée de juin. Le solstice approche, les jours s'éternisent, les nuits ne sont jamais vraiment noires. Le vernissage d'Agathe a lieu ce soir-là. Elle voit pour la première fois ses photos accrochées aux murs et des gens les admirer. Elle a choisi vingt portraits de patients pris dans son cabinet en noir et blanc ; certains le regard dur, la rage au fond des yeux, d'autres l'air abattu, écrasé par la vie. Une femme se prend la tête dans les mains, assise sur le divan, dans le rayon de lumière qui traverse la fenêtre. Un autre cliché montre ce patient qu'Agathe connaît bien, devenu son ami, amoureux de nouveau après un deuil douloureux. Il porte un costume, un bouquet de fleurs et sourit les yeux trempés d'une émotion débordante. Sous chacune des photos, sur une étiquette blanche collée au mur, la petite a écrit un mot, un seul, le prénom des patients. On peut lire *Nadine*, *Bernard*, *Isabelle*, Édouard… La soirée se déroule parfaitement, la salle se remplit, Agathe est ravie. En revanche, elle en veut énormément à son frère, toujours absent dans les moments importants. Alexandre devait venir mais s'est défilé pour un soi-disant séminaire d'entreprise. Des gens félicitent la petite pour son travail et je me revois, trente-cinq ans en arrière, faire ma première exposition. Je partage sa joie et je suis extrêmement fier d'elle.

J'étais loin d'imaginer que lors de cette soirée, ma vie allait changer de manière aussi belle qu'inespérée. Moi, l'ermite de l'arrière-boutique, l'ours des cavernes, l'éternel célibataire à l'air renfrogné, je rencontre quelqu'un. Je me voyais finir seul mais le destin en a décidé autrement. Il frappe un grand coup. Il m'envoie une femme charmante, originale et fabuleusement cultivée. On se trouve au bar en même temps et en un regard, il se passe quelque chose, une attirance réciproque, un intérêt immédiat l'un pour l'autre. Elle porte des fripes colorées, des bijoux en perles énormes, une besace en tissu. Elle habite le Marais depuis l'âge de ses études. On commence à discuter dans le brouhaha du magasin, en buvant le punch préparé par la gamine. Au premier abord, elle fait vieille fille, revêche et méfiante, un peu négligée. Mais je semble l'intéresser et malgré tout, elle me plait à la seconde. Personne ne m'a regardé comme elle depuis des années. Peut-être même depuis Céline. Elle m'invite dehors et sort un joint finement roulé qu'elle allume en fermant les yeux.

Elle me félicite pour les tirages. Le punch et la fumée du joint me tournent la tête. Nous sommes appuyés contre le même lampadaire dans sa lumière jaune pâle. À cet instant précis, il symbolise le point de convergence de nos lignes directrices, l'intersection où nos chemins de vie se croisent. Et dans l'obscurité de la rue, son halo éclaire ma rencontre avec cette femme. Elle me confie sa vie, sa passion pour l'art, sa carrière de prof, ses engagements écolos et caritatifs, ses déceptions amoureuses.

La magie du destin opère instantanément. Nous avons tant de similitudes : notre solitude ancestrale, notre marginalité, l'espoir que l'on croyait tous les deux envolé. Tous les éléments semblent nous rapprocher. En quelques minutes, nous avons l'impression de nous connaître depuis des années. Nous sommes deux êtres faits l'un pour l'autre, parfaitement compatibles, réunis dans cette ville immense.

« Ah ! Adèle tu es là, ta sœur te cherche partout ! lui dit la petite en nous rejoignant. Tu as fait la connaissance de Nicolas, je vois ! Sans lui, tout ça n'aurait pas lieu, tu sais ! Bon, j'y retourne, amusez-vous ! » et elle nous abandonne aussitôt.

« Elle est vraiment super cette gamine… dis-je en la regardant disparaître dans la foule agglutinée devant l'entrée.

— Elle a l'air, oui, et talentueuse ! Ses photos sont géniales ! »

Plus tard dans la soirée, les gens commencent à partir, je n'ai plus aucune notion du temps, ni de tout ce qui se passe autour de moi. Je suis resté avec Adèle sous le lampadaire, à échanger sur nos vies respectives, à rire de notre solitude, comme si nous savions déjà que rien ne sera plus comme avant.

« Nico, douze ventes, tu y crois ? C'est incroyable, les photos plaisent à tout le monde ! »

Agathe se jette dans mes bras. Elle me serre fort et je sens ses petites mains agripper mon dos, sa tête contre ma poitrine. Elle l'ignore sûrement mais aucune femme ne m'a serré de cette façon depuis des décennies. À cet instant, j'ai vraiment l'impression d'être son père et l'émotion me fait presque verser une larme. Édouard nous rejoint avec sa compagne Héloïse pour féliciter la petite une nouvelle fois.

« Alors, c'est là que tu te cachais, Adèle ! On ne t'a pas vue de la soirée ! Tu étais en bonne compagnie, je vois ! » lui dit sa sœur, ravie de voir que nous avons discuté pendant tout ce temps

— On s'en va, nous, on s'appelle ! Encore bravo, c'était super !

— Je reviens, je vais voir Manu ! lance Agathe qui décidément ne tient pas en place.

— Je vais y aller moi aussi, il est tard... souffle Adèle.

— Pas de soucis, moi je vais rester pour ranger. »

On se regarde dans les yeux, éclairés par le lampadaire.

« Tu pourras passer me voir à l'atelier, si tu veux !

— Je passerai, c'est promis. Je ne sais pas où est Agathe, tu lui diras que je suis partie et encore félicitations ! » puis elle s'éloigne dans la rue.

Elle se retourne plus loin, je la regarde encore et elle me fait signe de la main.

Cette nuit-là, je rentre dans mon arrière-boutique et dans mon lit, je suis incapable de trouver le sommeil. Je me dis que la chance, pour certains, met plus de temps à se manifester. Et ce soir, elle m'a enfin souri. Depuis Céline, je ne me suis jamais remis avec quelqu'un. Je n'en ai trouvé ni l'occasion, ni l'envie et encore moins la force. Alors je me suis replié sur moi-même, comme un escargot dans sa coquille, j'ai accepté mon sort. Finalement, le vent a tourné en ma faveur. Je n'ai jamais cru en Dieu, ni en aucun esprit supérieur. Mais sans doute quelque part, une bonne étoile veille sur moi.

Trois jours plus tard, Adèle me rend visite l'atelier. Elle porte un grand chapeau, une robe à fleurs, des bracelets énormes et sent bon le muguet. Elle rayonne dans la lumière qui traverse la verrière. Elle trouve l'endroit charmant et sourit en parcourant la pièce et mon univers. Je lui fais découvrir mes outils, les différents papiers, les machines, les encadrements. Puis nous sortons prendre le soleil, dans la cour intérieure. J'apporte une théière et des biscuits. Il flotte entre nous une complicité adolescente. Au fond, nous connaissons déjà la fin de l'histoire. Je redécouvre l'amour comme la joie de remarcher pieds nus dans l'herbe au printemps. Adèle me regarde dans les yeux en buvant son thé. Je pose ma main sur la sienne. À cet instant, je sais que ma vie ne sera plus jamais la même.

Alexandre

Quand j'étais gamin, j'échangeais mon goûter contre des figurines, pour ensuite échanger les figurines contre un meilleur goûter. Le sens du business, on ne l'invente pas. Je ne crois pas qu'il s'apprenne vraiment en traînant son cul à la fac ou en lisant des tas de bouquins fumeux. La vente, il faut qu'elle vienne des tripes, d'une grande ambition, d'une envie de croquer le monde, pas juste d'un petit ego à satisfaire. Il faut être un loup, un lion, un requin, un prédateur féroce. Soit on naît requin, soit on naît tortue, mais la tortue ne devient jamais requin. C'est ma théorie, elle vaut ce qu'elle vaut. Moi je suis né croisé entre le renard et le crocodile. Je suis malin et rusé et on ne me voit pas venir. Je frappe quand personne ne s'y attend et je frappe fort. Je m'accroche et je ne lâche plus, je tourne jusqu'à emporter le morceau. C'est drôle, car ma sœur Agathe se rapproche plutôt du mulot ou de la perdrix. Nous n'avons pas grand-chose en commun.

J'ai grandi à Marseille car mes parents eurent l'étrange idée d'y ouvrir un hôtel. J'avais horreur de cette ville, trop de vent, trop d'agitation, trop de saleté et surtout trop de Marseillais. Alors j'ai étudié à Nice, beaucoup plus calme et mieux fréquentée. Je me suis finalement installé à Paris, seul endroit en France à la hauteur de mes nobles ambitions (pour reprendre les mots de mon idole Jordan Belfort quand il débarque à Wall Street). C'est là que j'ai obtenu mon diplôme. De nos jours, il en faut un même pour faire de la téléprospection. Je ne me sentais pas plus intelligent qu'avant. Je n'avais rien appris de concret, rien de vraiment utile. Que de la théorie, uniquement de la théorie. Moi, je suis un homme d'action. Un jour, un prof qui m'avait à la bonne m'avait dit : « T'as du bagout, t'as une belle gueule, tu t'en sortiras toujours. »

Je n'en ai jamais douté une seconde. Je suis né avec une confiance inébranlable. En sortant de la fac, je ne connaissais rien en marketing, ni en finance, ni en compta et encore moins en ressources humaines. Toutes ces années perdues pour obtenir un foutu papelard reconnu par l'État ! Moi, mon truc, c'est la vente. Je suis capable de vendre n'importe quoi à n'importe qui. Je pourrais vendre du miel à un apiculteur ! Alors j'ai postulé dans des boîtes pour devenir commercial et j'ai commencé chez Procter & Gamble pour la marque Gillette. On m'a confié un secteur et une bagnole de fonction avec de la mousse à raser plein le coffre. Je m'éclate dans ce boulot ! Je tourne toute la journée, AirPods dans les oreilles, Waze sur le téléphone, fenêtre ouverte sur le périph et clope au bec. Je vais voir les Carrefour, les Leclerc, les Auchan, les Intermarché, pour écouler le maximum de marchandise au meilleur prix. Je passe ma vie dans ma voiture : je mange, je fais la sieste, j'écoute les résultats de la Ligue 1 sur RMC. Parfois, je joue sur ma console portable ou je matc un porno pour me détendre. Sur la route, je suis un vrai pilote : boîte auto en mode sport, jamais un clignotant, Coyote aux aguets pour les radars, dépassement par la droite, accélération au feu orange. Je dois klaxonner environ trente fois par jour à cause des bobos à vélo qui roulent en plein milieu.

Quand je suis arrivé à Paname, au début, je vivais chez ma sœur. Elle était bien gentille de m'accueillir et de me dépanner, le temps de trouver un appart. Mais heureusement, notre cohabitation n'a pas duré longtemps. Nous avions du mal à nous supporter.

Agathe est psychologue à son compte et photographe à

ses heures perdues. Pour moi, la psychologie n'a toujours été qu'une vaste fumisterie pour les gens fragiles sans mental.

Ma sœur m'a parfois raconté la vie des patients, tous aussi détraqués les uns que les autres, qu'elle s'efforce de soigner. Si leur sort ne tenait qu'à moi, je les ferais enfermer vite fait. Elle m'explique la noblesse de sa cause, pleine d'humanité, et la souffrance de ces gens. Elle passe des heures à les écouter sans rien dire. Je trouve plutôt qu'elle s'engraisse sur la misère du monde. Elle rentre souvent le soir en soupirant: « Je suis épuisée ». Nous n'avons pas la même notion du travail ni de la fatigue. Elle reste le cul dans un fauteuil toute la journée à écouter la vie des autres, quand moi je me tape des heures de bouchons et des inventaires à six heures du mat'. Après quelques débats houleux, nous avons par la suite évité le sujet. Agathe vit avec un poisson rouge à qui elle raconte la détresse humaine. Il a souvent été témoin de nos engueulades. Après des visites groupées menées par des agents aussi pressés que désagréables, j'ai finalement trouvé un appartement. J'ai alors quitté ma sœur, pour notre survie à tous les deux. J'ai emménagé seul et pu enfin mater la Champions League et m'abrutir devant les exploits de la FIFA, en mangeant des burritos bien cancérigènes. Je joue au poker en ligne en remplissant une canette de mégots fumants, avec une bière et un kebab. Moi, j'appelle ça la vie.

Depuis mes débuts chez Gillette, j'avance sans faire de bruit mais mes performances n'échappent à personne. À peine arrivé, j'ai pris la mission à bras le corps, bien décidé à devenir le meilleur vendeur de la boîte. Je m'acharne, je tourne dans mon secteur comme un guépard en cage et je passe la journée au téléphone à programmer des rendez-vous. Je négocie les prix, les quantités, les mises en rayon et j'écoule tellement de came que j'atteins en deux semaines l'objectif du mois. La boîte me file un bon salaire, des primes et plein d'avantages en nature. Chez Gillette, on m'appelle *Le loup de Levallois*. Dans les supermarchés, je connais le nom de tous les directeurs et de leurs employés, les caissiers et parfois même les types de la sécurité. Je prends toujours le temps de discuter, de boire un coup, de prendre des nouvelles de leurs gosses. Je les écoute me parler de leurs vacances, de l'avancée de leur piscine, du Renault Captur qu'ils viennent de se procurer en leasing. Je fais du relationnel et je signe des contrats. Je ne suis qu'un représentant pour une marque de rasoirs mais quand j'arrive en magasin, on m'accueille comme le pape au Vatican.

Je claque tout mon fric en fringues, en montres, en gadgets et je fais la fête les fins de semaine. Avec ma meute, nous sommes matérialistes et flambeurs. J'adore les boîtes de nuit, les grosses bouteilles, les feux d'artifice, les jolies serveuses qui nous bichonnent. On se met à l'envers tous les week-ends ! On passe la semaine la tête dans le guidon, obsédés par nos objectifs, bloqués dans les embouteillages, pendus au téléphone avec des clients désagréables. Alors le samedi soir, il faut bien tout lâcher et surtout ne rien compter. La vie est courte, on en profite à fond ! Pour les vacances, on part à Mykonos ou à Marbella pour claquer les primes de Gillette. On se loue une énorme villa à plusieurs et on s'envoie des mannequins dans la piscine. Combien de fois j'ai entendu ma sœur me dire : « Vous êtes ridicules… »

Je sais qu'au fond, elle me jalouse énormément. Elle mène la vie d'une cinquantenaire divorcée qui parle à son poiscaille. Elle n'a sûrement pas eu de mec depuis la fac ni de rapport sexuel avec autre chose que le pommeau de sa douche. Elle lit des romans brumeux, regarde des émissions écolo-féministes et se nourrit de graines de chia. Elle ne voit quasiment personne à part ses patients dépressifs et se couche à l'heure des poules. À trente ans, j'ignore qui d'elle ou moi est le plus ridicule. Un jour, nos parents ont vendu l'hôtel pour s'installer à Dinard dans la maison de famille. Encore une drôle d'idée qu'ils ont eue. Il y fait un temps horrible et ils ne connaissent personne à part quelques voisins gâteux. Ma mère a adopté un chien et mon père s'est lancé dans la folle construction d'un train électrique qui occupe tout son temps. Ils ne partent même plus en vacances et semblent vraiment dépérir sur leur caillou. Je n'y vais jamais, je trouve cet endroit sans intérêt.

Je ne supporte ni l'ennui ni la solitude. J'ai toujours été un peu hyperactif et je ne peux jamais rester sans rien faire. Après le boulot, je file à la salle de sport où je pousse de la fonte en me regardant dans un miroir. Je me contemple, le corps brillant et veineux. Dans les vestiaires, je me rince à poil dans la douche commune et je m'admire encore en passant devant la glace. Je regarde mes muscles tout congestionnés et mon sexe pendre entre mes jambes, et je repars satisfait de mon reflet. Avec ce corps, j'emballe un paquet de gonzesses. Je ne veux surtout pas de relation sérieuse, j'essaie au contraire de lever un maximum. J'ai en permanence deux ou trois plans réguliers prêts à rappliquer dans la demi-heure. Il m'arrive d'appeler une escorte, scandinave ou latino, selon la saison : fine, blonde aux yeux bleus et blanche nordique pendant les chaleurs estivales ; bronzée et bien formée, originaire d'Amérique du Sud pendant les longs mois d'hiver. Je m'en tape une entre deux rendez-vous, histoire de relâcher la pression. Au bar ou en boîte, avec les potes, on n'est pas des enfants de chœur. On drague comme si on était payé à la com. Moi j'ai un don pour attirer les plus chaudes. Je tombe toujours sur les nymphos, les pas farouches, celles qui n'ont pas froid aux yeux et qui attendent qu'on les soulève. Les copains sont verts, à chaque fois j'en ramène une. Alors je les charrie : « Bah ouais les mecs, les nanas, c'est comme la vente, c'est pas donné à tout le monde ! »

Quand je reste seul chez moi, ce qui m'arrive rarement, je lis *Auto Prestige* ou regarde des films de voyous, des histoires de mafia. Je suis fasciné par les gros bonnets. Parfois, je regrette de ne pas en être un pour braquer des banques ou trafiquer de la coke. Je me serais bien vu monter un réseau en faisant venir la came de Marseille ou de Rotterdam, planquée dans les appuis-tête de la bagnole. J'aurais pu ravitailler tous les bobos avec de la blanche coupée au bicarbonate ou au paracétamol. J'aurais soudoyé la BAC[6] et les Stups pour être tranquille et embaucher des étudiants fauchés pour livrer en scooter. Avec mes gars, nous serions devenus des parrains, fusil à pompe sous l'oreiller, gros cigares et villa en Italie.

Un vendredi soir, on sort dans un bar branché avec des collègues. À la table d'à côté, il y a cinq gars en costard avec des coupes de cathos bourges, le style fils à papa pistonnés, sortis de l'ENA ou de Science Po. Ils bossent certainement dans des cabinets privés ou du moins bien planqués dans un bureau. J'en vois deux revenir des chiottes, complètement allumés, pour brancher trois nanas que j'avais repérées. Un autre sort fumer en titubant et en se tenant

6. Brigade anticriminalité

aux murs. Ils n'ont pas l'air bien vifs. À tous ces mecs, j'aurais vendu de la poudre allongée au lévamisole sans aucun scrupule. J'admire les caïds et parfois je me prends pour l'un d'eux.

Agathe rêve depuis toujours de devenir une photographe célèbre. Après quelque temps à Paris, elle a décidé de tenter sa chance. Moi, je pensais qu'elle avait laissé tomber depuis longtemps. Quand on est gamine, on veut être chanteuse ou actrice et puis le rêve s'estompe en grandissant. Mais elle est persuadée qu'elle peut réussir. Je ne regarde que de loin l'avancée de ses travaux. Depuis la fin de notre cohabitation, je ne la vois quasiment plus. Elle m'annonce un jour avoir obtenu une salle pour exposer et m'invite au vernissage. Elle a peur de manquer de monde et il faut que je vienne en ramenant des copains. La soirée a lieu début juin et je m'engage à y aller pour renouer un lien avec elle. Mais pile ce week-end-là, un collègue décide de fêter ses trente ans à Amsterdam. Il a réservé une péniche de dix couchages en plein quartier rouge et me propose de partir avec eux. Il me promet deux soirées hors normes dans les meilleurs clubs de la ville, des coffee-shops et des putes à gogo. De l'autre côté, ma sœur me demande de préparer une quiche ou un cake à apporter à son vernissage rempli de gauchos du Marais. Sans aucune hésitation, je pars à Amsterdam. Je raconte à Agathe que Gillette organise un séminaire pour nous féliciter des résultats du semestre. Elle me traite de tous les noms au téléphone mais surtout de *sale con égoïste et pitoyable*. J'apprends plus tard que la soirée a connu un franc succès et que des photos se sont même vendues. Après la décadence de notre voyage, tous les péchés commis et les remords qui me suivent malgré tout, je me suis donc décidé à lever le pied. J'entame alors une longue réconciliation avec Agathe et m'engage à limiter mes excès.

En réalité, pas grand-chose ne change. Je continue de sortir autant, de picoler comme un étudiant, de fumer à longueur de journée et de bouffer des trucs chimiques. En revanche, je me calme vachement sur les gonzesses. Je décide de faire un tri pour n'en voir plus qu'une seule. Sans hésiter une seconde, je garde la plus friquée en me disant « on ne sait jamais ». Et là, niveau oseille, il est difficile de faire mieux : famille aristo, parents châtelains et la nana occupe la seconde place au marketing chez Sephora France. En plus de tout ça, j'ai rarement vu un coup pareil dans ma carrière. La première fois qu'on s'est vu, elle m'a sacrément surpris. Je m'attendais à une mollassonne de bonne famille, une étoile de mer, digne et respectable, à qui tu dois quémander une pipe. Il ne faut jamais se fier aux apparences, mais celle-là repousse les limites du bluff.

Elle tombe sa tenue de froide bourgeoise carriériste pour devenir une vraie dégénérée du sexe. Elle veut toujours que je la traite comme si elle avait fait une énorme connerie et s'occupe de moi comme si elle avait un million de choses à se faire pardonner. C'est beaucoup trop pour un seul homme. Cette fille s'appelle Victoire, Victoire de je-ne-sais-pas-quoi. Qu'est-ce qu'on peut s'envoyer en l'air, tous les deux ! Le pire dans l'histoire, c'est qu'elle est mariée ! Elle me l'annonce une fois, dans le lit en vrac, après la baise. Elle regarde par la fenêtre en fumant une clope. Je la soupçonne d'abord de me tester. Puis elle me parle de son mec, comme si je pouvais m'y intéresser. Elle reste assise nue sur le bord du lit, moi à moitié allongé recouvert par le drap jusqu'à la taille. Elle se cherche des excuses. Elle essaie de déculpabiliser. Je lutte pour ne pas m'endormir. Visiblement, je n'ai absolument rien en commun avec son mari. Victoire me décrit un homme timide, nonchalant, rêveur, peu sûr de lui, planqué dans un placard et payé à ne rien faire ; un homme plutôt tortue. Elle m'avoue aussi qu'il est trop doux et qu'il n'arrive jamais à la satisfaire. Elle cherchait volontairement un amant.

Nous continuons de nous voir régulièrement, en soirée. Elle prétexte auprès de son mari des réunions tardives ou des travaux à boucler. La tortue commence à avoir de sérieuses cornes. Je fascine beaucoup Victoire. Je lui explique comment devenir le meilleur vendeur et lui montre les photos de mes vacances en Espagne. Je lui raconte même la fois où j'ai sauvé un mec de la noyade à Biscarosse. Victoire parle très peu d'elle, elle semble préférer m'écouter, même si je la sens souvent ailleurs. Je la fascine sûrement avec mon côté fêtard-flambeur, mon bagout de commercial, ma science infuse pour beaucoup de choses. D'ailleurs, elle me répète souvent : « T'en sais des trucs toi, dis donc ! »

Elle déborde tellement d'admiration qu'elle me donne parfois l'impression de se moquer de moi. Au début, je voyais Victoire comme j'en aurais vu une autre. Mais rapidement, je réalise qu'elle est ma poule aux œufs d'or. Je me vois construire une histoire avec elle. Nous sommes en symbiose. Elle est battante, challengeuse, assoiffée de pouvoir et travailleuse. Elle veut toucher le sommet, tout comme moi. Alors je me mets à espérer qu'elle divorce. Je pense à la fortune de ses parents, à cet héritage colossal qu'elle va recevoir. Nous pourrions mener la grande vie dans des hôtels de luxe, en baisant comme des bêtes. Nous ferions les plus beaux enfants du monde.

Malheureusement, tout ne se passe pas comme prévu. Un soir, je l'invite au restaurant pour lui parler de mon projet et l'encourager à quitter sa tortue. Je réserve une bonne table, commande du champagne et à la fin du repas, je me lance :

« Il faut que je te parle, bébé !

— Ça tombe bien, moi aussi ! me répond-elle sèchement.

— Ah bah commence, je t'écoute.

— Non, non, vas-y d'abord.

— Bon alors voilà. Comme on est bien tous les deux, que ça dure entre nous, j'ai pensé qu'on pourrait se marier. »

Elle s'étrangle littéralement en buvant son vin. Elle s'essuie et me regarde dans les yeux en me disant :

« T'es complètement débile ou quoi ? Je suis déjà mariée, t'es pas au courant ?

— Je sais bébé, mais le divorce, ça existe, on est tellement bien tous les deux, tu trouves pas ?

— T'es incroyable. Tu vas au-delà de tout ce que j'imaginais. Tu repousses les limites de la connerie. T'es rien pour moi, Alex. Je m'amusais, c'est tout. J'ai déconné, je n'en suis pas fière, ça arrive, on fait tous des trucs insensés ! Mais je ne vais pas divorcer et encore moins pour un type comme toi !

— Tu blagues, hein ? Tu me fais marcher ?

— Je suis très sérieuse. Et je vais même te dire mieux, je n'ai jamais pu te saquer. Mais tu m'amusais tellement… Et je reconnais que tu baises bien, bah si quand même, il faut le dire, ne fais pas l'étonné, tu le sais parfaitement !

Mais je les connais par cœur les mecs comme toi. Les petits vendeurs qui se prennent pour des caïds ou des joueurs de foot; qui claquent tout en boîte ou en fringues mais qui n'ont pas un rond de côté. Et puis toutes tes histoires pour m'en mettre plein la vue, c'était si drôôôle, si pathétique. Tu crois vraiment que ça m'intéresse ta villa de loc' à Salou avec ta bande de beaufs ? Mes parents ont une maison à Ramatuelle avec une piscine qui donne sur la mer ! J'y vais depuis gamine. Je t'en ai jamais parlé, pourquoi à ton avis ? Parce que je m'en fous ! Tu croyais m'impressionner avec ton baratin, tes exploits, tes gadgets, sans déconner, grandis un peu ! Et puis franchement, t'as jamais lu un bouquin de ta vie à part tes magazines de bagnoles. T'as jamais mis les pieds dans un musée, tu ne t'intéresses à rien, tu croyais qu'on allait se marier ? Sinon à part ça, moi ce que je voulais te dire, ça tombe bien que t'en parles, je ne veux plus qu'on se voit. Plus jamais. Je n'ai pas l'intention de faire du mal à Hugo et je l'aime, que ça te plaise ou non. Ah oui et aussi, parce que c'est important que tu sois au courant : je suis enceinte ! Mais pas de toi hein, tu t'en doutes ! Tu peux me traiter de salope, tu peux même le crier haut et fort, ça ne changera rien. Tu vas rebondir, t'es un grand garçon et puis tu as dû briser tellement de cœurs, ça ne te fait pas de mal. Donc voilà, je crois qu'on n'a plus rien à se dire. Je vais te laisser payer, vu que t'as tellement d'argent. Tu finiras tout seul Alex. Ne t'avise pas de me rappeler. »

À la fin de son discours, elle prend sa veste et sans se retourner, quitte le restaurant. Je reste planté là, ma fourchette à la main. Je ne bouge plus, je suis sonné. Au bout de cinq minutes, j'appelle la serveuse pour commander une double vodka. Les paroles de Victoire résonnent dans ma tête et semblent rebondir à l'intérieur. J'espère me réveiller de ce cauchemar. Cette fille s'est moquée de moi depuis le début. Pour elle, je n'ai été qu'un divertissement, un pigeon, juste bon à l'amuser et la secouer correctement. Je me sens utilisé, blessé, humilié. Jamais dans ma vie, mon ego n'a pris un tel coup. Victoire m'a balancé ces vérités en pleine figure et elle a raison sur toute la ligne. Grâce à elle, je comprends beaucoup de choses.

Le lendemain, je vais chez ma sœur et je pleure comme un gamin. Finalement, à part Agathe, je n'ai personne d'autre à qui parler. J'évacue tout mon mal-être avec elle, comme ses patients que je trouvais pathétiques. Je m'excuse de l'avoir méprisée, de ne pas avoir été là pour elle et je la prie de me pardonner. Nous discutons longuement. Je vide mon sac pour la première fois et Agathe m'écoute, bienveillante. Je réalise à quel point ma vie n'a aucun sens. Je joue un personnage qui ne me correspond pas. Je me fabrique une carapace dorée mais terriblement vide à l'intérieur. Je n'ai pas d'ami, pas d'amour, seulement des relations éphémères et hypocrites. Je suis égocentrique, narcissique, arrogant, j'accumule tous les défauts du monde. Je vends des rasoirs jetables en plastique qui polluent les océans. Je n'ai jamais plus de dix mille euros de côté, obsédé par le regard des autres. Je claque tout dans l'apparence. Je ne construis rien, je ne m'enrichis jamais, ni financièrement, ni culturellement, ni humainement.

« Je suis un pauvre type, Agathe. Je suis un raté… »

Après cette histoire, j'ai remis tout en question : ma personne, mon boulot, mes habitudes, jusqu'à ma façon de penser. Je me mets à voir le monde différemment, à apprécier les choses simples. Je pose ma démission, je rends les clés de l'appartement et de la BM de fonction et je quitte Paris en laissant mon ancienne vie derrière moi. Je cesse d'être un loup. Selon ma théorie, la tortue ne devient pas requin, mais moi, j'étais un requin et je suis devenu tortue.

Antoine

Il n'y a rien de plus enrichissant que les voyages. Je ne parle pas des voyages passés dans la piscine du club à faire trempette en buvant des cocktails. Je parle des vrais voyages, ceux faits d'aventure, d'inconnu, de rencontres. Ceux où l'on part avec son sac et son couteau, fleur au fusil et Inch'Allah. J'en connais un rayon ! Il n'existe rien de plus fort que partir très loin pour une durée indéterminée.

J'ai voyagé en solitaire sur tous les continents. À la fin de mes études, je ne voulais pas travailler et aucun boulot ne me plaisait. Je me posais un tas de questions existentielles sur ma place sur Terre, le sens de la vie, l'intérêt de se construire un avenir alors que nous sommes de passage. Je voyais le monde s'autodétruire alors tout ce que je voulais, c'était partir très loin. Comme si en voyageant sans cesse, les problèmes ne pourraient pas m'attraper. J'espérais qu'en partant sur les chemins, à l'autre bout du globe, je trouverais des réponses à mes questions.

Je n'ai rien organisé. J'ai fait mon sac en emportant l'essentiel, et pour le reste, j'ai avisé. Les gens me prenaient pour un cinglé et mes parents se demandaient pourquoi leur fils refusait à ce point d'entrer dans le moule. À l'âge où j'étais censé sortir en boîte, faire des stages professionnels, bâtir un plan de carrière, j'ai préféré disparaître. Même si partir demandait du courage, il y avait dans mon départ une forme de lâcheté, une fuite de mes responsabilités. J'ignorais pour combien de temps je partais, ni de quoi j'allais vivre, ni où le vent me mènerait. Je suis revenu deux ans plus tard. Après toute mon aventure, j'estimais pouvoir mourir. J'ai traversé des mers sur un voilier branlant, des montagnes à l'arrière d'un pick-up, des déserts à dos de dromadaire. J'ai logé chez tant de familles, parlé tant de langues, découvert tant de cultures. J'ai goûté les fruits les plus rares, les plats les plus épicés, les alcools les plus forts. J'ai marché dans les forêts tropicales, les plaines désertiques et les villes surpeuplées. J'ai nagé dans des lacs transparents, des fleuves boueux, des sources chaudes et des torrents glacés. J'ai écouté tellement de musiques, porté tellement d'étoffes, pratiqué tellement de religions, découvert tellement de coutumes. J'ai dormi dans des tentes, des yourtes, des huttes, des maisons troglodytes et d'autres sur pilotis. J'ai vu les hommes les plus solidaires, les enfants les plus débrouillards, les femmes les plus courageuses. J'ai connu des cyclones, des guerres civiles, des inondations, des incendies, des pirates, des terroristes. J'ai parcouru des kilomètres à pied, en train, en caravane, en pirogue, en montgolfière, en hydravion. J'ai photographié la nature sauvage, ses espèces menacées, les montagnes de déchets et les plages de plastique. Pendant deux ans, j'ai tourné autour du globe sans rester plus d'une semaine au même endroit.

Un jour, en me levant un matin, j'ai eu envie de rentrer, de poser mon sac, de retrouver mes proches, comme si je faisais une overdose à la liberté. Et puis je ne trouvais pas plus de réponses à mes interrogations en vivant loin de chez moi. Je pensais fuir les vices de nos sociétés occidentales, j'en découvrais les tristes conséquences. Je suis rentré avec un goût amer. Je n'avais aucune idée de ce que je ferai à mon retour. Je ne me voyais pas bosser dans un bureau, ni avoir un patron, prendre le RER, faire chaque jour la même tâche. Alors j'ai écrit pour raconter mon périple. La rédaction de mon texte m'a pris neuf mois. Le manuscrit comptait huit cent trente-deux pages. La presse s'empara de mon histoire, celle de ce gamin partant avec son sac sillonner la planète. Et mon livre a été publié. On a parlé de moi dans les journaux, à la radio, à la télévision. Tout le monde voulait m'entendre raconter une péripétie. Partout en France, des gamins rêvaient d'arrêter les études pour partir sur les routes avec leur Opinel. Mais je n'aimais pas la célébrité. Je n'avais jamais imaginé que cet accomplissement prendrait une telle ampleur, qu'il fascinerait les foules à ce point et que je verrais ma tête dans les magazines. Heureusement, les gens se lassent très vite et le succès est éphémère. Alors je suis devenu journaliste.

J'écris des articles sur des voyages, des exploits, des faits insolites et de nouvelles inspirées de mon périple. Je travaille à Paris, cette ville qui me semblait si loin quand j'étais au bout du monde. Au retour de mon aventure, j'ai vite réappris à mener une vie normale. Le temps passe, les habitudes reviennent et la routine finit par s'installer, inévitablement. On me demande souvent si je compte repartir un jour. Les gens ne comprennent pas comment on redevient Monsieur Tout-le-Monde après une telle expérience. Je rêve parfois de remettre les voiles, de repartir explorer le monde, poussé par le manque d'adrénaline, de découverte et d'inconnu. Mais la fougue et le courage de ma jeunesse ont disparu. Je n'ai plus cette insouciance, ce sentiment d'être immortel, cette impression que la vie n'est qu'un jeu. Je tremble à l'idée de me crasher à bord d'un coucou au-dessus d'une forêt vierge, de sombrer dans une tempête, de succomber à une morsure de serpent. Au cours de mon périple, j'ai failli mourir en voulant pousser l'aventure toujours plus loin, en prenant des chemins toujours plus périlleux, dans des zones toujours plus reculées. J'ai connu des situations auxquelles je ne voyais pas d'issue. Il m'est arrivé de manquer d'eau, de nourriture, de repères et de compagnie. Je n'ai pas tout raconté à mes parents au téléphone quand j'ai retrouvé la civilisation. Le dixième de mes galères les aurait empêchés de dormir. Je restais évasif et leur mentais souvent. À mon retour seulement, j'ai réalisé l'importance des risques que j'avais pris et à quel point j'aurais pu y rester. Je sais qu'en repartant une nouvelle fois, j'y laisserai ma peau, pris d'un mauvais pressentiment. Mes parents ont vieilli, je ne veux pas leur imposer un nouveau départ et toute l'angoisse qu'il engendrerait. Alors je reste sage et raisonnable. Je fais une croix définitive sur l'aventure. Je continue d'écrire mes articles et finalement, je me sens bien près de mon arbre.

Je travaille avec conviction et crois en la force des mots. Ma mère lit beaucoup et dit qu'ils ont le pouvoir de nous transporter bien plus loin que n'importe quel avion. Le journal me confie la rédaction d'articles sur des catastrophes, des records, des miracles. J'interviens quand un mec vole du Vexin à Vannes en parapente ; quand un autre pédale en solitaire du Portugal à la Norvège ; quand une handicapée se lève de son fauteuil et remarche ; quand une star de NBA s'écrase avec son hélico. J'adore mon métier et rien ne me correspondrait davantage.

Le soir, je rentre dans mon deux-pièces, à Folie-Méricourt. Il y a tellement de photos et d'affiches collées au mur que l'on n'en voit plus la couleur. Je regarde des documentaires ou lis les aventures de Mike Horn, mon idole, en fumant un pur de *White widow* ou de *Northern Lights*. La nuit, je rêve d'un sentier au Népal au bord d'un précipice ou d'une plage paradisiaque à Zanzibar. Tous les matins, le réveil sonne à 6 h 30 précises et j'ouvre les volets sur la grisaille parisienne. J'arrose mon plan de marijuana qui pousse sous un néon violet et je quitte l'appartement en claquant la porte. Je marche exactement deux cent quatorze mètres pour rejoindre la bouche de métro la plus proche et m'y engouffrer. J'ai appris à faire ça tous les jours, inlassablement, à m'habituer à cette routine. J'ai fini par rentrer dans le moule. Parfois, j'ai l'impression d'étouffer, d'être écrasé par le poids de la ville, d'avoir perdu les ailes qui m'ont permis de voler si haut autrefois.

J'ai rencontré Agathe dans une animalerie, un samedi d'été caniculaire. Je suis venu acheter un aquarium et des poissons pour ajouter de la vie à mon deux-pièces. L'idée m'a pris comme une lubie soudaine. J'ai toujours vu des poissons chez mes parents. Ils nous regardent manger à travers la vitre, année après année, increvables. J'ai trouvé un bocal qui m'attend en caisse avec une plante et des graviers. Je porte mes deux poiscailles dans un sac rempli d'eau fermé par un nœud. Je les regarde s'agiter à l'intérieur, probablement terrorisés. Je n'aimerais pas être à leur place. Je cherche un pot de granulés et je tombe sur cette fille qui porte un appareil photo en bandoulière. Elle voit mon air crispé, comme si je tenais la vie de créatures sacrées entre mes mains. Elle semble amusée. Pendant mes voyages, j'ai vu des crocodiles, des pythons, des mygales, mais ces deux poissons rouges dans leur sac en plastique me terrifient. Je regarde Agathe, qui me séduit en un regard, choisir une boîte parmi les dizaines du rayon. Tout se passe très vite, comme une vague qui vient mouiller notre serviette à la marée montante. Elle saisit un deuxième pot et me le colle dans la main en disant :

« C'est ce qu'il te faut ! Et ne fais pas cette tête, ça va bien se passer ! Tu verras, on s'y attache à ces petites bêtes ! »

Pendant que je paye en caisse, elle m'attend dehors, devant la porte coulissante du magasin.

« On boit un verre ? » propose-t-elle contre toute attente.

Agathe semble savoir pertinemment ce qu'elle veut. À

cet instant, je suis loin d'imaginer qu'elle n'a pas eu de relation depuis des années. Je file chez moi poser les poissons et on se retrouve à une terrasse.

En deux ans de voyage à travers le monde, je n'ai aimé aucune femme au point de tout plaquer pour elle, de m'installer dans son pays, de devenir un indigène en slip au fond des bois. Finalement, l'amour m'est tombé dessus dans une animalerie, au rayon nourriture à poissons, à Folie-Méricourt. Agathe n'est jamais partie, moi j'ai toujours bougé et nos chemins se sont croisés dans cette boutique climatisée, animée par le ronflement tranquille des aquariums et le cri des perruches.

Un soir, nous sommes dans le lit défait, nos vêtements par terre, sa tête contre mon torse, ma main dans la sienne. Je regarde mes poissons, éclairés par le néon du plan de *weed*. Nous sommes complices dans cette affaire.

Agathe est entrée dans ma vie pour la rendre beaucoup plus belle. Elle aime sortir tôt à l'heure où Paris se lève à peine, avant les foules qui l'envahissent, les pigeons qui roucoulent et se bécotent, les clochers qui sonnent l'angélus, les rangées d'enfants qui se tiennent la main, les airs d'accordéon qui résonnent dans le métro. Elle aime les romans de Douglas Kennedy et les films de Tarantino, les vins rouges bordelais, les tartes au citron meringuées et les salades grecques, les arbres en fleurs au printemps, les couleurs de l'automne, les vols d'oiseaux migrateurs.

Agathe est psychologue et photographe. Elle possède une sensibilité rare et un sens aigu de l'observation. J'ai vite compris que sous son apparence frêle et craintive, se cachaient une grande force intérieure, un mental d'acier et une résistance peu commune.

J'aime cette fille indépendante et solitaire qui n'a aucun mal à se suffire à elle-même. Nous n'avons pas besoin de beaucoup parler pour nous comprendre, comme si entre elle et moi agissait une certaine télépathie. Souvent après avoir fait l'amour, elle veut que je lui raconte une histoire, un fait divers sur lequel je travaille ou bien une de mes aventures. Elle se blottit comme une petite fille et reste pendue à mes lèvres jusqu'à fermer les yeux et s'endormir. Agathe me parle de ses journées au cabinet, de tous ces gens qui viennent y chercher quelque chose sans vraiment savoir quoi. Sûrement du réconfort, de l'attention, la paix intérieure, peut-être même une délivrance, auprès d'une personne qui garde tout pour elle. Je trouve incroyable la façon dont elle gère certains cas, l'aplomb qu'elle sait garder face à certaines confidences. Elle déploie une énergie folle pour ses patients et s'engage corps et âme à les aider.

Après notre rencontre, nous avons rapidement eu l'impression de nous connaître depuis déjà des années. Agathe rend son appartement pour s'installer chez moi. Elle verse son poisson avec les miens dans mon aquarium rectangulaire. Je trouve l'image très belle. Elle poursuit sa passion pour la photo, sans cesse en quête de nouvelles idées et de galeries où exposer. Elle parvient toujours à vendre quelques-unes de ses œuvres et son inspiration semble illimitée. Quant à moi, je continue d'écrire mes articles et mes nouvelles. Mes histoires se vendent bien.

Avec l'argent de mon livre, j'ai pu acheter un voilier au port de Saint-Malo. Je prends la voiture le vendredi soir pour faire les quatre heures de route qui me séparent de la mer. Je dors dans ma cabine. Le samedi, à l'aube, je pars en mer pour naviguer, je pique-nique sur le pont. Je retrouve le sentiment de liberté que j'avais à l'autre bout du monde.

Les parents d'Agathe habitent Dinard et son frère, Saint-Malo. Alexandre a tout plaqué du jour au lendemain pour changer de vie. Il a quitté Paris, son job, ses habitudes, pour venir s'installer en Bretagne, dans cette région qu'il avait toujours méprisée. Il a abandonné ses rêves démesurés, tiré un trait sur son passé. Il travaille désormais dans une petite agence de voyages. Il s'est mis à la pêche, à la voile et il a même rencontré sa femme, monitrice au club. Quand j'ai vu Alexandre la première fois, je l'ai trouvé simple, naturel, épanoui, bien dans sa tête. Il avait les cheveux broussailleux et une grosse barbe comme s'il boycottait le rasage. Il s'est intéressé à mes voyages, avide de détails et d'aventures. Il m'a écouté, les yeux brillants d'admiration. Il m'a parlé de l'autre gars, celui qu'il était avant, dont il n'était pas fier, la débauche de ses soirées, les excès d'alcool, de drogue, de sexe, son envie de pouvoir, son ambition à devenir millionnaire, sa fascination pour les caïds, son besoin insatiable de reconnaissance. Il m'a raconté la claque qu'il s'était prise un jour par une de ses conquêtes, qui pour la première fois avait ébranlé son ego et remit toute sa vie en question. Après cette désillusion et cette rupture difficile, Alexandre a réalisé l'ampleur de son mal-être. Il a compris que sa vie n'avait aucun sens, qu'il passait à côté de l'essentiel. Aujourd'hui, Alex est l'un de mes meilleurs amis.

Parfois le samedi, nous partons tous les quatre en bateau avec Agathe, Alexandre et sa femme. Je débouche une bouteille au large, on ouvre des huîtres et rien ne pourrait rendre ces moments plus merveilleux.

Avec Agathe, nous rendons souvent visite à mes parents. Ils ont toujours habité Rennes dans l'appartement où j'ai grandi. En arrivant, je trouve mon père devant un reportage animalier, fossilisé dans son fauteuil, agrippé à la télécommande. Ma mère bouquine, imperturbable. On s'assoit dans le vieux canapé, le même depuis mon enfance. Je me revois gamin dans ce même salon et dans cette chambre qui n'a cessé d'être la mienne. J'aime la chaleur de la pièce, les photos encadrées, les bibelots affreux qu'il ne faut surtout pas jeter. Il y a toujours dans leur bocal deux poissons rouges qui semblent immortels. Je me demande ce que mon père leur donne à bouffer ou s'il les remplace régulièrement. Nous dînons dans la cuisine, sous l'œil des poissons. Je parle de mon boulot, de derniers faits divers, Agathe de ses expositions.

Après mon périple, mes parents m'ont vu différemment. Quand j'étais gosse, ils ne fondaient pas beaucoup d'espoirs en moi. Il faut dire qu'à l'école, je ne cassais pas la baraque et mes chances de faire carrière étaient minces. Mes exploits et leur publication imposaient un certain respect et mon père me regardait avec une fierté toute nouvelle. Je voyais dans ses yeux une admiration infinie pour ce qu'il n'avait jamais osé accomplir mais dont il avait souvent rêvé. Il avait lu et relu mon livre et connaissait chacune de mes aventures dans les moindres détails. Parfois, il m'en parlait comme si nous les avions vécues ensemble. Mes parents ont beaucoup voyagé eux aussi : la Grèce, la Polynésie, la Nouvelle-Zélande, le Cap-Vert et j'en passe. Comme moi, ils n'ont jamais été adeptes du *all inclusive,* à changer de continent pour ne pas quitter l'hôtel. Ils détestent les séjours organisés, suivre un guide par groupe de trente, visiter au pas de course pour ne pas rater le bus.

Pendant les deux années de mon odyssée, nous échangions à distance, par téléphone ou en FaceTime, quand je n'étais pas au milieu de la toundra ou au fond du *bush.* J'entendais leurs voix en décalé venues de l'autre bout du globe. On s'entrecoupait et ma mère disait à mon père : « Chut, Étienne ! Laisse-le parler ! » Je les sentais fébriles dans le combiné avec cette même question posée à chaque fois : « Quand rentres-tu ? » Cette question dont j'ignorais moi-même la réponse. Alors je leur disais seulement : « Ça dépendra du vent. » J'aimais la métaphore.

Agathe est désormais ma femme et la mère de mes deux enfants. Je doute que sur Terre il existe une personne capable de me rendre plus heureux. Nous sommes littéralement faits l'un pour l'autre. Nous passons des week-ends à Dinard, dans la maison de ses parents. Nous les sortons d'un quotidien tragique et sans issue. Anna converse avec sa chienne comme avec une vraie personne. Elle me fait beaucoup de peine.

Charles vit dans un monde parallèle. Il a sombré au fil des années dans une passion maladive pour son train électrique, une folie lente et progressive. Il améliore et agrandit sans relâche son univers miniature, au point d'en oublier de manger et de dormir. Il ne parle quasiment plus, son regard se perd constamment, sa passion est devenue un handicap, une forme d'autisme. Anna tente de cacher sa souffrance. Elle espère qu'un jour Charles se réveillera, comme après un long coma et qu'ils retrouveront une relation normale. Elle n'a jamais eu le courage de partir, de refaire sa vie ailleurs. Elle sait que son mari est malade et que sans elle, il se laissera mourir sans même s'en rendre compte. Leur situation est devenue tellement catastrophique qu'ils cohabitent sans communiquer, comme deux poissons de leur bocal.

Agathe culpabilise. Elle qui aide des patients ne supporte pas de rester impuissante face au malheur de ses propres parents.

Lors de nos visites, nous marchons sur la plage l'après-midi, dans le sable au bord de l'eau. La chienne qui vieillit ne court plus autant qu'avant. Nos enfants lancent des cailloux dans les vagues ou tirent un cerf-volant. En les voyant jouer, je réalise à quel point le temps passe.

Il m'arrive de partir seul en bateau pour respirer loin de Paris et du cocon familial. Je longe la côte, puis passe au large du mont Saint-Michel pour rejoindre Granville. Les jours de bonnes conditions, je tire même jusqu'à l'île de Jersey, toujours avec cette envie d'aller plus loin. À la barre, je regarde la vie comme l'écume laissée dans mon sillage. Avec du recul, elle ressemble à un sac de nœuds qui nous lie tous les uns aux autres.

Un matin, Agathe m'appelle au bureau. Je devine l'émotion dans sa voix. Elle m'apporte un sujet d'article bouleversant. Son ami Nicolas vient de retrouver son fils, après quarante ans passés sans le moindre échange.

FIN

Remerciements

Pour ce troisième roman, je tiens d'abord à remercier mes parents pour leurs encouragements, leur écoute et leurs conseils. Ils m'ont toujours soutenu dans la voie de l'écriture et cet aboutissement est en partie grâce à eux.

Je remercie toutes les personnes m'ayant apporté les informations nécessaires à la crédibilité des descriptions, qu'il s'agisse des lieux ou des professions.

Je remercie Mélissa da Costa pour nos échanges et son soutien dans cette aventure.

Je remercie les membres actifs de Monbestseller.com et le comité de lecture m'ayant permis d'être aujourd'hui publié.

Je remercie infiniment Nicolas Faroux d'avoir donné sa chance à ce roman en l'intégrant à son catalogue éditorial.

Je remercie Émilie Arduino-Vitalis pour son temps et tout le travail que nous avons réalisé ensemble sur le peaufinage du manuscrit.

Je remercie Laura Aichelbaum pour sa créativité dans la conception de la couverture.

Achevé d'imprimer en août 2021
sur les presses de
La Manufacture - Imprimeur – 52200 Langres
Tél. : (33) 325 845 892

N° imprimeur : 210733 - Dépôt légal : août 2021
Imprimé en France